伝説の隠密
しあわせ長屋人情帖

中岡潤一郎

コスミック・時代文庫

この作品はコスミック文庫のために書下ろされました。

目次

第一話　長屋の隠居

一

江戸は水の町と言われる。

川や堀が縦横無尽《じゅうおうむじん》に張りめぐらされ、船を使えば北本所《きたほんじょ》から芝まで、歩くことなく赴《おもむ》くことができる。米や酒も河岸《かし》に陸揚《りくあ》げされ、米問屋や酒問屋が水路を使って、江戸市中に送る。

川に沿って歩けば、船頭《せんどう》の声が途切れることはなく響き、猪牙舟《ちょきぶね》が巧みな操船《そうせん》ですれ違って行き来する。

深川《ふかがわ》に入れば、さらに水の香りは華やかさを増す。

小名木川《おなぎがわ》、仙台堀川《せんだいぼりがわ》、大横川《おおよこかわ》に囲まれた辰巳《たつみ》の地は、堀や川が無数に組みあわさって、ひとつの町を作っているような印象を与える。

町を歩けば、船が激しく往来し、河岸で荷揚げする人夫の姿が見てとれる。商人は積みあげられた俵《たわら》を数えて帳面につけ、その合間を縫《ぬ》うようにして、手代《てだい》が橋を渡って得意先に向かう。

その一方で、大店《おおだな》の主《あるじ》は船を使って優雅《ゆうが》に深川八幡《はちまん》の門前町《もんぜんまち》に乗りつけ、艶《あで》やかな灯《あか》りが輝く桃園《とうえん》の見世《みせ》で、ひと晩の快楽にひたる。

夏の盛りでも、風が吹けば心地よい。暑さも吹き飛ぶ。

深川は水とともにあり、それが、ほかにはない独特の風情《ふぜい》を与えている。

そんな町の一角に、みすぼらしい長屋がある。

名を『しあわせ長屋』といい、十六軒四十二人が暮らす。

建物は激しく痛んでおり、風が吹けば庇《ひさし》が飛ぶほどだ。

屋根はありあわせの修繕でしのいでおり、少しでも手入れを怠《おこた》ると、たちまち雨漏《あまも》りする。引き戸が傾いていて、開けるのにもひどく手間取った。

町名主《まちなぬし》がそのひどさに顔をしかめ、あれはどうにかならないのかと言ったほどで、江戸でも屈指《くっし》の痛々しさだ。

汚さを馬鹿にする商人も数多いが、それでもそこに住む者たちは、評判を気にすることなく、一日一日を精一杯、暮らしていた。

そのことは、差配《さはい》である御神本右京《みかもとうきょう》がもっともよく知っている。

「あ、差配さん、おはようございます」

右京が表に出たところで、女の子が声をかけてきた。曙色《あけぼのいろ》の縞《しま》に黒の帯で、結綿《ゆいわた》の髪が瑞々《みずみず》しい容貌《ようぼう》によく似合っている。

弾けるような笑みは、この娘のもっともよいところだ。

「おう、さよちゃんかい。おはよう。今日も元気だね」

「はい。それが取り柄ですから」

「お母さんの調子はどうだい？　ここのところ、具合が悪そうだったが」

「今日はいいようです。床あげして、さっき隣のたえさんと話をしていました」

「そいつはなによりだ」

右京は笑った。

「おめえさんも大変だろうと思うが、しっかりやりなよ。なにかあったら、私が手を貸すから」

「そんな。いつも差配さんには世話になっていて。これ以上、ご迷惑をかけたら……」

「いいんだよ。それが私の仕事だから。遠慮なく声をかけるといいよ」

ありがとうございます、とさよが返事をしたところで、彼女を呼ぶ声が聞こえた。

顔を向けると、大柄な女が腰に手をあて、こちらを見ていた。

同じ長屋のうめだ。長屋を出たところの表店《おもてだな》で、飯屋を営んでいる。

きつい性格で知られており、相手が男であれ、女であれ、平気で怒鳴りつける。喧嘩《けんか》っ早く、箒《ほうき》で相手を殴りつけることも多い。

女手ひとつでふたりの子を育て、しかも飯屋を営んでいるとなれば、気性が荒くなるのもしかたないが、その振る舞いにはいささか右京も手を焼いていた。

「すみません、すぐに行きます。差配さん、またあとで」

さよは一礼すると、うめに駆け寄っていく。忙しいのになにをやっているんだい、という怒鳴り声がして頭をさげる。それも、いつもの光景だ。

さよは、去年から母親とともに、しあわせ長屋で暮らしている。

母親は新川町《しんかわちょう》の酒問屋伏見屋《ふしみや》で通いの女中を務めていたが、今年の正月から具合を悪くして伏せっていた。たまに激しく咳《せき》をすることがあり、そのたびに長屋の者が様子を見にいっている。

家計を助けるため、さよは飯屋の女中として働いていた。裏方だけでなく、直に客と話をして、握り飯を売ることもある。

懸命に働くさよに、長屋の者も手を貸しており、大工の文太《ぶんた》はなにかと彼女に声をかけていたし、その女房のたえは野菜や魚をあげたりしていた。

駕籠《かご》かきの銀次《ぎんじ》もお菓子をあげているようで、何度かさよが頭をさげている光景を見ている。

正直、この先、どうなるかはわからない。母親の顔色は悪く、病気がよくなっているようには思えない。流行病《はやりやまい》でもあれば、真っ先にやられてしまうだろう。

そんなことになってほしくないとは思うが、こればかりは天の配剤なので、いまの右京にできることは、さよとその母親を他の店子と同じようにしっかり見守ることだけだった。

ふっと息をついて、右京は表通りに出た。武家屋敷の脇を抜けて、仙台堀川へ足を向ける。

声をかけられたのは、河岸に出て万年町《まんねんちょう》の表店に目を向けたときだった。

「おう。右京、ひさしぶりだな」

利休茶《りきゅうちゃ》の絣《かすり》に袖《そで》なしの羽織《はおり》を着た老人が、彼を見ていた。濃紺《のうこん》の頭巾《ずきん》をかぶり、樫《かし》の木で作った杖《つえ》を手にしている。顔は皺《しわ》だらけで、頬《ほお》の肉も削《そ》ぎ落ちており、手足も細い。

　大店の隠居といった風情だが、鋭い眼光からして、まだ現役であることを示している。

「これはお頭《かしら》。おひさしぶりです」

「お頭はよせ。俺は瀬戸物問屋・相模屋《さがみや》の隠居で、五郎右衛門《ごろうえもん》だよ。やることがなくて、ただ町をぶらぶら歩いている……ってことになっている」

「そうでしたね」

「おまえさんだってそうだろう、右京。長年、御先手同心《おさきてどうしん》を勤めあげ、養子に家を譲《ゆず》って隠居。やることがなくてぶらぶらしているところを、家持《いえもち》から声をかけられて、差配になった。そういうことになっていただろう」

　五郎右衛門の言うとおり、右京は勤めを辞めて、暇《ひま》をもてあましているところに声をかけられ、しあわせ長屋の面倒を見ることになった。

　もっとも正しいのは後半部だけで、実際の役目は御先手同心のような軽々しいものではなかったが。

「ちょっと付き合いな。話をしよう」

二

五郎右衛門に連れてこられたのは、深川佐賀町《さがちょう》の蕎麦屋《そばや》だった。蕎麦粉だけで麵《めん》を打つという触れこみで、なんとも言えぬ舌触りに通人も好んで足を運ぶという。

お代は屋台より高いが、それでも小料理屋よりはぐんと安い。朝の書き入れ時が終わったところで、店は空いていた。出入口から離れた座敷に腰をおろすと、五郎右衛門は酒を頼んだ。

「まあ、一杯やれや。あそこじゃ羽目を外すわけにもいかんだろう」

「これはどうも」

右京はすっと酒を吞《の》む。

「あいかわらずの飲みっぷりだ。いいねえ」

「ありがとうございます」

「それで、差配の仕事には慣れたかい」

「おかげさまで。文句を言われながらも、なんとかやっています」

「連中も驚いただろうよ。まさか武家が来るとは思っていなかったはずだ」

右京がしあわせ長屋に入ったのは、昨年の春だ。前の差配が病気で亡くなり、その代わりに彼が選ばれた。

長屋の連中は、右京がどんな人物かひどく気にしていた。前の差配が気立てのよい人物だったこともあり、わがままを言う馬鹿ならば、早々に追いだすつもりで息巻いていた。

それだけに、脇差《わきざし》一本だけを差して、右京が姿を見せたときには、全員が一様に驚いた。

隠居であっても、歴《れき》とした武家が、いわば長屋の管理人である差配を務めることはない。

武家と町民では文字どおり住む世界が異なり、しきたりや作法もまるで違う。言葉遣いからして異なるわけで、浪人者《ろうにんもの》ですら馴染《なじ》むのには苦労する。ましてや、差配という微妙な気配りができる仕事ができるとは考えにくい。

「大丈夫なのかいとしつこく言われましたよ。うちの長屋は口うるさい者が多くて」

「であろうな。何度かのぞいたが、怒鳴り声が飛びかっていて驚いたよ」

「気立てはいい連中なんですよ。おかげで、なんとか務めてこられました」

「そつなくこなすねえ。さすがは、死神右京といったところか」

「……その名はご勘弁を。とっくに返上しました」

現役のときは平気だったが、あらためて言われるとこそばゆい。

右京は徒士衆《かちしゆう》の御家人《ごけにん》となっていたが、それは表向きで、真の役目は全国をまわって各地の実情を調べて報告する隠密だった。

独り立ちしたのは十八のときで、すぐに西国《さいごく》にまわされ、五年間、外様《とざま》大名の家中を調べる役目を務めた。苛烈《かれつ》な任務で、筑前《ちくぜん》では正体が露見し、黒田家《くろだけ》の藩士に追いまわされたし、周防《すおう》でも毛利家《もうりけ》の家臣に正体を知られかけたりした。

その後は北にまわされて、津軽《つがる》、南部《なんぶ》、佐竹《さたけ》といった東北の雄藩、さらには海を越えて、蝦夷地《えぞち》の探索にあたった。

蝦夷の探索は、外国からの脅威にさらされていることもあって、苛烈であった。文化露寇《ぶんかろこう》のような事態になれば、東北のみならず、関東から兵も出さねばならず、対応を誤れば蝦夷地が異国の手に落ちることもありえた。

多くの遠国隠密《おんごくおんみつ》が、大型船が頻繁《ひんぱん》に姿を見せる最中、異国の情勢を調べるため、蝦夷地に赴いていた。

右京はその最前線に立ち、東蝦夷から千島《ちしま》、樺太《からふと》、そして西に広がる大陸まで足を踏み入れた。大河を渡り、途方もなく大きな森を抜け、石造りの町に足を踏み入れて、異国の民と直に話をした。

彼だけが異国の言葉を使いこなせたので、大陸探索の役目は集中した。おかげで、危険な目に遭うことも多く、敵兵に気づかれて鉄砲《てっぽう》の集中砲火を受けたり、敵の間諜《かんちょう》と湖に飛びこんで戦ったりもした。

探索は足かけ六年にも渡り、生きて帰ることができたのは、ただただ好運だったからだ。銃弾が頭をかすめたことは数えきれぬほどあった。

「たいしたものだ。おぬしのおかげで、我らは御露西亜《おろしや》がどういう国か知ることができた」

「本当にいいように使ってくれましたな」

「おまえさん以外に頼りになる者はいなくてな。ついつい便利に使っちまった。それについては、悪いことをしたと思っているんだぜ」

「鵜呑《うの》みにはできませんがね」

五郎右衛門は、右京が隠密を務めていたときに、組頭の地位にあった。

隠密には三十を越える組があり、それぞれに役割が異なる。遠国を調べる一団もあれば、江戸に留まって町民の動向を探る者たちもいる。

他の者がなんの探索をしているかは、それぞれの組頭すら知らず、時には無用な争いを引き起こすこともある。

五郎右衛門の担当は遠国内偵であり、おかげで右京は知らぬ土地にたびたび送りこまれ、えらく苦労することになった。

「生き残ったのは、運がよかったからですよ。腕の立つ者はいくらでもいましたが、つまんねえところでくたばっちまいまして。なんで私が生き残ったのかと、首を傾《かし》げるばかりです」

「死神が守ってくれたのかもな。いや、おまえさん自身が死神か」

「ですから、その名前は返上いたしました」

右京は、役目を務めている間、多くの者を手にかけた。そこには、敵方の隠密のみならず、名家の家臣や大店の主、さらには、妓楼《ぎろう》の遊女《ゆうじょ》やならず者、異人までが含まれる。

あるときは、敵をすべて始末し、無傷で帰還した。またあるときは、人知れず大名屋敷に忍びこみ、さる人物を誰にも知られぬまま、暗殺したこともあった。

そういった、あざやかな手腕についた異名が『死神』。

苛烈な役目を易々《やすやす》とこなし、いつも無事に帰ってくる姿から、死神の名は一部の隠密たちの間で、畏敬《いけい》の念と幾ばくかの恐怖とともに語られるようになった。

「粋《いき》がっているときもございましたが、もういけませんや。年で、身体が思ったように動きませんから」

機敏に動けず、役目を果たすことが無理になったと感じたところで、右京は役目を辞した。鳥居《とりい》耀蔵《ようぞう》の命で、後味の悪い探索が続いたことも役目のやる気を削いでいた。

当然、五郎右衛門は引き留めたが、右京の意志は固かった。

役目を退いてしばらくの間、やることがなくて、江戸の町をぶらぶらしていた。一日中、釣りをしていたこともあったし、花を見ながらぼんやりしていたこともあった。

平穏《へいおん》な生活に飽き、そろそろ旅に出ようかと思ったころ、五郎右衛門が声をかけてきたのである。

「まあ、そういうことにしておこう。とりあえず、あの長屋をしっかり守ってくれればいい。それができるのは、おめえさんだけだからな」

じつのところ、しあわせ長屋の裏側には、人に言えぬ事情があった。なにも知らずに、あそこの差配は務まらないだろう。

そこで蕎麦が来たので、ふたりはすすって食べた。

美味《うま》い。しっとりした麺と、しっかり出汁《だし》を取ったつゆが、じつによく合う。

生蕎麦は、法禅寺《ほうぜんじ》近くの藪《やぶ》蕎麦がいちばんいいと思っていたが、ここは優《まさ》るとも劣《おと》らない。深川に住んで一年になるが、こんなよい店に気づかなかったとは。いささか腹立たしい。

そのことを言うと、五郎右衛門は笑った。

「死神右京にも見落としがあるか。これは愉快だな」

きれいに蕎麦を食べ終えたところで、ふたりは店を出た。

「それじゃあ、あとのことはよろしく頼むよ。いろいろと大変だろうけどね」

「なんとかしますよ。慣れてきましたから」

「だといいけれどね」

五郎右衛門は、なにげなく右京の懐《ふところ》に入ってきた。

「……面倒な連中も多いよ。とくに、三番目の長屋に入った娘と子ども。あれは難物だ」

「わかっております。うまくやりますよ」

しあわせ長屋の連中がひと筋縄でいかないことは、すでに知っていた。だからこそ、自分のような者が差配をしているのだ。

右京は手を振って五郎右衛門と別れると、仲町《なかちょう》へ足を向けた。

三

用事を終えて、右京が長屋に戻ってくると、ちょうど三番目の部屋から女がふたり、出てきたところだった。

ひとりは二十歳前後で、髪を島田《しまだ》に結い、地味な茶の絣を身につけていた。丸顔で目は細く、どこか垢抜《あかぬ》けない風情だ。肌が浅黒いのを気にしているようだが、目立つほどではない。

もうひとりは少女で、背丈は先に出た娘の半分もない。瞳は丸くて大きく、白い肌と黒い髪の対照が際立っている。

茶の着物はみすぼらしいが、それを跳ね返すだけの輝きを放っている。八歳でこれなのだから、あと五年もしたらどれだけ美人になるか。見物である。

「お出かけかい、かねさん」

右京が声をかけると、背の高い娘が気づいて頭をさげた。

「はい、上野《うえの》まで。ちょっと用事がありまして」

「そうかい。それは大変だ」

右京はかがんで、娘に声をかけた。

「こんにちは、とき。元気でやっているかい」

「はい。おかげさまで」

「ほう。いい返事だ。しっかりしているね」

右京が頭を撫でると、ときは笑った。

このふたりは、ふた月前に越してきた。どこぞの大店から家持が頼まれたものらしく、話が来て三日としないうちに家財道具も持たずに現れた。

ふたりは姉妹という触れこみで、仕事の口を探すため、駿河《するが》から江戸に出てきたと語った。たしかに、かねには訛《なま》りがあったし、駿府《すんぷ》の事情にはくわしかったので、生まれについては間違いがないかのように思われる。

その一方で、振る舞いには不自然なところもあった。

まず、いきなり江戸に出てきたところからしておかしい。知りあいがいるのならばともかく、なんの縁もないままに江戸を訪れて、たやすく仕事が見つかるわけがない。聞けば、知った口入屋もいないという。無鉄砲が過ぎよう。

長屋に入ってからも、ふたりでどこかに出かけているだけで、真剣に働き口を探しているようには見受けられない。それでいて、金に困っているようにも見えないのだから、裏があることは間違いなかった。

「上野と言っていたけれど、この子も連れていくつもりかい」

「はい」

「この時間からだと、大変じゃないかね」

時刻は正午を過ぎており、上野までの往復となれば、日が暮れるかもしれない。

二月もなかばで、まだ夜は寒い。

「なんだったら、ときは私どもで預かろうか」

「え、でも、それは……」

「気にしないでおくれ。長屋の子は、皆で面倒をみるもので、ひとりやふたり増えたところで、さして変わりはない。それとも、なにかい。どうしてもこの子を連れていかなきゃならないわけでもあるのか」

右京が見ると、かねの顔がゆがんだ。だが、それは長くは続かず、しばらくするとゆっくりうなずいた。

「わかりました。そういうことでしたら預かっていただけますか」

「ああ、いいとも。気をつけていっておいで」

右京の言葉に、かねはもう一度うなずき、ときにふた言、三言、語りかけると、長屋を出ていった。

「さてと、どうしたものかね」

預かるとは言ったものの、さすがに小さな子が相手では、なにをしていいのかわからない。女というものは、大人であっても子どもであっても、扱いにくいものだ。

やむなく右京は自分の住み処にときを連れていき、しばらく待っているように伝えた。そのうえで表通りに出て、飴《あめ》を買ってきた。

「ほら、これを舐《な》めるといい」

「どうもありがとう」

ときは飴を手に取って舐める。その顔に笑みが浮かぶ。

「甘い」

「そいつはよかった」

どこか大人びたときであったが、飴を食べる姿は無邪気な子どもで、その姿を見て、右京の心は和《なご》んだ。

「かね姉ちゃんは、どこに行ったの?」

ときの問いに、右京はゆっくりと答えた。

「上野と言っていたな。わかるかい。川を渡って向こう側だ。歩いていくと、時がかかるねえ」

「今日中に帰ってくる?」

「もちろんさ。ときちゃんを放っていくわけがないじゃないか」

「でも、母さまは帰ってこなかった。すぐに戻ってくると言ったのに」

たどたどしい話から察するに、ときの母は三年前に死んだらしい。

いつものように働きに出たが、夜になっても帰ってこなかった。心配していると、近所の人が来て、母親が倒れて死んだと告げられた。もともと身体が悪かったのに、相当に無理を重ねたようだった。

行き場のなくなったときは、かねと暮らすようになった。かねは普段からときの家をよく訪ね、様子を見ていたようで、ときを引き取るときの手続きもつつがなく終わったとのことだ。

「父さまはどうした?　どこにいるんだ」

「わからない。江戸にいるって聞かされたけれど、会ったことはない」

「どんな人なのかも知らないのかい」

ときはうなずいた。その横顔は寂しげである。

ときの父親が生きて江戸にいるのだとすれば、かねが出歩いている理由も察しがつく。おそらく、父親の行方を尋ねているのだろう。わざわざ江戸に出てきたところから見て、すでになんらかの手がかりは得ているのではないか。

それでも、ふたりがこの長屋に来た理由はわからない。父親に会うだけならば、旅籠《はたご》に泊まればいい。大伝馬町《おおでんまちよう》には人捜しに強い公事宿《くじやど》もあり、その紹介を使えば、たやすく見つけることができるはずで、わざわざ深川に引っ越す理由もない。

「早く会えるといいね」

右京が声をかけると、ときは笑ってうなずいた。

「ああ、ひどい。ときちゃんばかりずるい」

不意の声に顔をあけると、開けっぱなしの戸口から、さよが顔を出していた。

その頰は赤く染まっている。

「おいしそうな飴。あたしも食べたい」

「なにを言っているんだ。おまえさんには仕事があるだろう」

「客が途切れたから、ひと休みしていいって。ねえ、ときちゃん、あたしにも分けてよ」

「こら、八歳の子どもにたかるんじゃない。待ってなよ。いま、買ってきてあげるから」

「わーい、ありがとう」

さよは右京の長屋に入ると、ときの手を取った。

「おいでよ。お手玉、教えてあげる」

ときはうなずき、さよに引っぱられるようにして、外に出る。そのとき、あわてたのか、少し足がつんのめってしまう。

手を伸ばしたその瞬間、右京は不穏《ふおん》な気配を感じた。

視線を転じると、裏長屋に通じる小路のところに、若い男が立っていた。ふたりで、いずれも派手な色の縮緬《ちりめん》を着ている。

惣髪《そうはつ》で、髷《まげ》も荒々しく結んでおり、とうてい堅気とは思えない。

右京が足を向けると、それに気づいてか、ふたりは通りから去った。

ただ、その視線は最後まで、しあわせ長屋の奥に向いていた。

四

翌日からしばらく雨が続き、右京は部屋にこもって雑用を片付けた。

差配の仕事は店賃《たなちん》や地代を取りたてたり、自身番に詰めたりする一方で、長屋の修繕をしたり、糞尿《ふんにょう》を片付けにくる百姓と連絡を取ったり、奉行所からまわってくる町触れを店子《たなこ》に伝えたりする。

もちろん、長屋に人の出入りがあれば、それも届け出なければならない。ほかにも、冠婚葬祭《かんこんそうさい》の手配や夜まわりと火の番、ときには、喧嘩の仲裁や金の貸し借りの見届け人になることもある。旅行手形《てがた》の手配も、大事な仕事だ。

店子になにかあれば、すぐに出向いて様子を見る。

病気ならば、治《なお》すための算段を考えねばならないし、騒動を起こせば、解決のために手を尽くす。子どもがいれば面倒を見るし、老人がいればその話し相手にもなる。女房と亭主《ていしゅ》の愚痴《ぐち》を、同時に聞かねばならぬこともある。

差配といえば親も同然、店子と言えば子も同然と言うが、それ以上に濃い関係を求められているように思える。

当初は右京も面食らって、長屋の連中からさんざんに叱《しか》られた。隠密の仕事で町民のように暮らしたことはあったが、それも短い期間だったので、こうした市井《しせい》の生活に慣れるまで時を要した。

それでも、なんとか役目をこなし、夫婦喧嘩や長屋での小競り合いをさばいてみせると、店子から一目置かれるようになった。

なにかあれば、真っ先に相談に来てくれるし、ささやかな頼み事をされることも多くなった。野菜やお菓子をお裾《すそ》分けしてくれることもあり、着物のちょっとした繕《つくろ》いも、女房たちがやってくれる。

隠密を辞めた際、自分のこの世での役割はもう終わって、あとは死ぬだけだと思っていた。

だが、どうやらそうではないらしい。思いのほか、こうして人に役立つ仕事ができている。

皆から頼りにされるのは意外なほど嬉《うれ》しく、思わぬ幸福感を、右京は味わっていた。

天気がよくなったのは三日後で、ようやく江戸の町に日射しが戻った。

泥だらけの道に町民が飛びだし、活気に満ちた声があちこちから飛びかう。

そんななか、右京が長屋から出ると、ときとかねが姿を見せた。ちょうど出かけるところだったらしい。

「晴れてよかったね。今日はどちらまで」

「日本橋です。この子に橋を見せてやりたくて」

かねは、ときの頭を撫でた。

「江戸に出てきたときに渡ったんですけど、よくわかってなかったようで。いい機会なので、もう一遍、見ておこうかと思いまして」

「そりゃあいい。行っておいで」

右京は、飴でも買うといい、と言って、かねにお金を渡した。かねは遠慮したが、右京が言葉巧みに説得すると、ときの顔を見て受け取った。

ふたりを見送ると、右京は長屋の様子を見て、自身番に向かった。仕事を終えて戻ってきたのは、一刻ほど経ってからだ。

戸を開けようとしたところで、昨日と同じ気配を感じた。

周囲を探ると、かねの長屋に近づく影があった。

三日前と同じ男たちだ。しきりに長屋を見ている。

「なにを探っているんだね」

なにげなく右京が声をかけると、ふたりは文字どおり飛びあがった。まったく気配を感じとっていなかったようで、目を丸くしている。

「そこのふたりなら、出かけているよ。なんの用があって来なさった」

「よ、よけいなお世話だ。おめえには関係ねえよ」

凄《すご》んだのは背の高い男だ。腰の長脇差が、えらく目立つ。

「そうはいかないよ。私はこの長屋の差配だ。店子を預かる者として、おまえさんたちみたいな馬鹿を見逃すわけにはいかないんだよ」

男たちの顔は真っ赤になった。握った拳《こぶし》が飛んできたが、右京はなんなく横にかわした。続いて横の男が殴りかかってきたが、これもかわした。

「おめえ……」

「よしな。ここはせまい。暴れると……」

「うるせえ」

背の高い男が長脇差に手をかけたので、右京は間合いを詰め、腹を軽く押した。それだけで男はよろめき、長屋の脇に積んであった洗い桶《おけ》に足を引っかけた。派手に泥を跳ねあげて倒れる。

「さ、三郎《さぶろう》兄い」

背の小さな男が助けようとするところを、今度は後ろにまわりこんで背を軽く押した。彼はよろめき、三郎を押しつぶすようにして、そのまま倒れこんだ。

「おやおや、せっかくの伊達《だて》の着物も形無しだね。ほら、早くお帰り」

「この爺《じじい》」

「年寄だと思って甘く見るから、そういうことになるのさ。若いからってなんでも許されると思ったら大間違いだよ」

「てめえ。よくも」

「やめておきな。もう人も来る。それ以上、格好の悪いところを見られたくなかったら、退散《たいさん》するんだね」

三郎は立ちあがって着物を見おろすと、覚えてやがれと月並みに罵《ののし》って背を向けた。

ふたりが姿を消すと、右京は小さく息を吐いて、周囲を見まわした。

引き戸の前に小刀が落ちていた。女物で、漆《うるし》の鞘《さや》がついている。今朝、ふたりが出かけるときにはなかったから、男たちが持ってきたのだろう。

右京はそれを拾いあげて懐にしまうと、ふたたび裏長屋を離れた。

半刻《はんとき》ほど経ってから、右京は永代寺《えいたいじ》門前町の小間物屋を訪れていた。

吉田屋《よしだや》といい、門前町に店をかまえて二十五年になる老舗《しにせ》だ。上方《かみがた》から上質の製品を仕入れ、深川八幡や三十三間堂《さんじゅうさんげんどう》を訪れた客に売る。

適正な値で、品物もよいことから、客がひっきりなしに訪れる。

店は繁盛する一方で、主人の善右ヱ門《ぜんえもん》は門前町の顔役を務めるまでになっている。

右京はその裏口で、吉田屋の若旦那《わかだんな》と会っていた。

名を吉之助《きちのすけ》といい、年は二十四歳。やたら縞を粋に着こなしているあたりは、さすがに老舗の息子といったところであろうか。

吉之助は左右を見まわしてから、右京に話しかける。

「ちょっと。ここに来てもらっちゃ困るよ。話しているところを見られたら、どうするのさ」

「本当のことを言ってやればいいさ。博打《ばくち》に溺《おぼ》れたあげく、胴元《どうもと》の女に手を出して半殺しにされかけたところを、私に助けてもらったってな」

「……やめておくれよ」

吉之助は大の女好きで、素人玄人《しろうとくろうと》の区別なく手を出して遊びまわっていた。

二股三股はあたりまえ、朝昼晩で女を変えることもあった。精力絶倫が口癖《くちぐせ》で、いい女だったら一日十人は相手にできると豪語していた。実際、床上手らしく、抱かれた女はそれなりに満足している。

だが、三月《みつき》ほど前、伊勢崎町《いせざきちょう》で小料理屋の女に手を出したのはまずかった。色気の年増《としま》で夢中になる気持ちもわかったが、賭場《とば》の胴元が絡む女と乳繰《ちちく》りあって、無事で済むはずがない。

たちまち若い衆に叩きのめされ、危《あや》うく仙台堀に放りこまれそうになったが、たまたま見かけた右京が助けだした。

それ以来、ふたりは酒を酌《く》み交わす仲になっている。

「でも、いい女だったなあ」

「おい、また手を出しちゃいねえだろうな。今度やったら、本当に殺されるぞ」

「しちゃいないよ。いまは、浄心寺《じょうしんじ》裏手にいる長唄《ながうた》の師匠さ。これがまたいい女でね」

「……本当にしようのねえ奴だなあ。ただ、まあ、そんなおまえだからこそ、頼みたいことがある」

右京は、深川で御家騒動が起きている店を探ってほしい、と伝えた。大店で、名の知られているところがよい、と注文もつけ加える。

「ふうん。それがどうしたのさ」

「嫌な予感がするんだ。だから早めに手を打っておく。それだけだよ」

隠密を務めていたころ、右京は嫌な気配を感じると、どんなに些細《ささい》な出来事でも見逃さず、早めに根を断ち切った。もちろん、気のせいだったことも多いが、そのおかげで生き残れたと思っている。

右京から見て、ときとかねのふたりは、どうにも引っかかる。放っておくと大事になるような気がしてならず、裏は探っておくべきだと考えた。

吉之助はこう見えて、深川の大店にくわしい。女との話に使うらしく、どうでもいいような内輪揉《も》めや男と女の絡みをよく知っている。

「さすが差配。店子の面倒は見るんだね」

吉之助は笑った。

「いいよ、調べる。その代わり、例の話は絶対に黙っていてよね。ばれたら勘当されかねないから」

「弟がいるっていうのも、考えものだな。いざとなれば放りだされるか」

吉之助の弟は、兄と違って真面目で知られていた。主の考え次第で、吉之助は家を追いだされるやもしれず、自分の身辺をひどく気にしていた。

「よろしく頼む。うまくやってくれよ」

黙っていてよと繰り返す吉之助の声には応じず、右京は手を振って裏口から離れた。

五

三日後、かねとときが長屋を出ると、右京はそのあとをつけた。

すでに吉之助からの知らせが入っており、思ったよりも面倒なことになっていそうだった。

真偽《しんぎ》を確かめるためにも、しばらくふたりを見守る必要があったが、そのおかげで、自身番の仕事を代わってもらわねばならず、後日、深川櫓下《やぐらした》の大黒屋《おおぐろや》で蒲焼《かばや》きを奢《おご》ることになったのは痛い誤算だった。

かねとときは仙台堀を渡って、浄心寺方面に向かった。せまい裏道を抜けて、門前に出る。

法苑山《ほうえんざん》浄心寺は万治《まんじ》元年の創立で、四代将軍徳川家綱《とくがわいえつな》の乳母《めのと》であった浄心尼《じょうしんに》が開基《かいき》である。家綱から葛西川村《かさいがわむら》に百石の寺領を与えると、深川の開発にあわせて発展し、いまでは参拝客が途切れることのない大寺院となった。身延山久遠寺《みのぶさんくおんじ》の弘通所《ぐつうじょ》としても知られている。

裏道をまわって門前に出たところで、ふたりは茶屋に入った。しばらくして出てきたときには、背の高い男が一緒だった。

三人は並んで、寺から少し離れたところにある二階建ての小料理屋に入った。龍田屋《たつたや》と呼ばれるその店は、武家や大店の主が通う名店で、払いを考えれば、長屋の町民が入るのは難しい。

右京は自分の勘が正しかったことを確信して、三人が出てくるのを待った。

暇つぶしに近所の絵草紙屋《えぞうしや》に入って、冷やかしに主に話しかけると、思いのほか書籍の造詣《ぞうけい》があり、右京はしばし流行《はやり》の絵草紙について語りあった。

勢いで、勧められた幽霊画を買ったが、あまりのどぎつさに一度、見ただけで懐に入れてしまった。不覚と思っていたところで、ときとかねが姿を見せた。男に何度も頭をさげている。

右京は、ふたりのあとについた。男をつければ、裏を知ることができるだろうが、あえてそうしなかった。

隠居するまで生き残った隠密の勘が、いまはふたりが大事と告げていた。

右京は気配を断って、静かに寺道を抜けていく。

空気の流れが変わったのは、浄心寺の南を抜け、武家屋敷に入ったところだった。ひとけがなくなり、ようやく芽吹きはじめた木々の合間に入ったところで、殺気があふれてきた。

ふたりの前を遮《さえぎ》るようにして、派手な着物のならず者が姿を見せた。三人で、そのうちのふたりは、しあわせ長屋を探っていた連中だ。

驚いたときが逃げようとしたところで、後ろからもうふたりが現れた。

五人に囲まれて、娘たちは追いこまれていく。

「なんですか。なにか用ですか」

「おうよ。大事な話がある。ちょっと付き合ってもらおうか」

「やめてください。何者なのですか、あなたたちは」

「山城屋《やましろや》に縁のある者と言えばわかるかい。おめえさんたちは、いろいろと邪魔なんだよ」

そこで、ならず者のひとりが、ときを担ぎあげた。

「おう。かわいいねえ。これは高く売れそうだ」

「離してください。その子が誰かわかっているんですか」

「もちろん。だから売り飛ばすんだよ。ついでにおまえさんもな」

背の高い男が手を伸ばしたところで、右京は物陰《ものかげ》から飛びだし、大声を放った。

「やめな。うちの店子に手を出すとは。どういう了見だい」

五人がいっせいに振り向いて、右京を見る。

顔色を変えたのは、背の高い男だ。たしか三郎といったか。

「おめえ、あの長屋の差配かい。この間は、よくも邪魔してくれたな」

「勝手に探っておいて、よく言う。無様《ぶざま》に転がされて、かっこ悪かったねえ。また同じ目に遭いたいのかい」

顔を真っ赤に染めて、三郎は襲いかかってきた。長脇差を抜いて、斬《き》りつけてくる。

右京はさっと横にずらして、斬撃《ざんげき》をかわす。

続いて、ならず者のひとりが、横薙《よこな》ぎの一撃をかけようとしたところで、軽く右手を振る。

「痛え！」

敵は刀を落として、右手を押さえた。

「くそっ。おい」

「へい！」

背の小さな男が刀を振りかざして迫ってきたが、右京が右手を振ると、小さくうめいて膝《ひざ》をついた。腹を押さえて顔をしかめる。

ふたりの動きを止めたのは、右京が放った指弾《しだん》である。

懐に小さな鉄の塊《かたまり》をいくつか入れておき、相手が迫ったところで、それを指で弾く。素人ならば当てることも難しいだろうが、右京はとんでもない速さで石を放ち、狙《ねら》ったところに叩きこむことができる。その気になれば、骨まで打ち砕くことのできる、彼の得意技だった。

残りの三人が襲ってきたところで、右京は左に動きながら指弾を放つ。

額を叩かれてふたりは気を失ったが、最後のひとりはうまくかわして間合いを詰めてきた。

続く指弾も避けられてしまう。

並の者ではないと思ったところで、右京は懐から細い糸の束を取りだす。左手で先端を握って放り投げて、軽く右手を振る。

それだけで糸は、さながら生き物のように左右にくねりながら男に迫る。

ならず者は避けるのが精一杯で、右京に近づくことはできない。

「おめえ、いったい……」

「なかなかいい腕だ。もしかしたら知っているのかい」

ならず者は左右を見まわすと、ぱっとさがった。

そのときには残りの四人も立ちあがっており、半円の陣形を組んで、右京を取り囲む。

しばし、睨《にら》みあいが続いたところで、五人はさがり、裏道に消えた。

「大丈夫かい」

右京はふたりに駆け寄った。

「怪我はなさそうだね」

「あ、ありがとうございました。助かりました」

かねは、ときの手を取って頭をさげた。

「あのままだったら、私たち……」

「そうだね。あんたは嬲《なぶ》り者にされたあとで殺され、ときちゃんはどこかの女郎《じょろう》屋《や》に売り飛ばされていただろうね。あいつらは本気だったよ」

かねは顔を強張《こわば》らせた。察しはついていただろうが、その事実を思い知らされるのは、やはり衝撃だったようだ。

「よかったら、理由《わけ》を話してくれないか。力になるよ」

いまは店子なのだから、と右京が声をかけると、かねはためらいながらも、ひとつうなずいた。

六

しあわせ長屋に戻り、ひと息ついたところで、右京は話を切りだした。場所は差配である右京の部屋であり、三人のほかには誰もいない。

「さっきの連中、山城屋って言っていたね。あれは、佐賀町の油問屋のことか」

「はい。あの山城屋さんで間違いありません。この子……ときは、山城屋の主人、丸吉《まるきち》さんの娘なんです」

「そうかい」

山城屋は佐賀町の下り油問屋で、大坂《おおさか》の江戸口油問屋を通して水油を購入、それを市中の油屋に売りさばいていた。

上質の油を扱っていることで知られており、小売店の評判もよかった。株仲間が解散される前は、行司役《ぎょうじやく》として、江戸と大坂の仲介役も務めていた。

現在の当主は丸吉といい、三年前に家を嗣《つ》いだ。三十で、それなりに実績はあるが、問屋界隈《かいわい》での評判はいまひとつよろしくなかった。

「ときは、丸吉さんが若かったころ、姉さんに手をつけて産ませた子どもです。そのとき、姉さんは山城屋の下女《げじょ》で、人目を忍んで付き合っていました。子どもができたとき、丸吉さんは女房がいませんでしたから、そのまま結婚してもよかったのですが、横槍《よこやり》が入りまして、うまくいきませんでした」

「丸吉の母親だね」

かねはうなずいた。

先代の連れあいはまきといい、その名は深川中に轟《とどろ》いていた。

頭がよく、物を見る目に長《た》けており、先代が商売でしくじったときも、すぐさま新規の客を見つけて、売上を大きく増やした。

馴染みの油屋を通して、武家にもうまく近づき、売り先を増やしただけでなく、山城屋向けの油を優先して運ぶよう、手をまわしてもらったりもした。

本所の地廻り油問屋と争ったときには、安売りで先手を取り、売上を落とすことなく乗りきったと言う。

いわゆる女傑《じょけつ》であり、優《すぐ》れた商売人である。

ただ、その一方で勝ち気に過ぎ、なにもかも自分の思うように進めようとする欠点があった。

仕入れの量もまきが決め、売り先も彼女がみずから選んだ。

売上が少なければ、店の者を罵倒《ばとう》し、それでも駄目な場合は、容赦なく切り捨てた。悔《くや》し涙を流した棒手振《ぼてふり》も多いと言う。

売上争いで、ならず者を雇って店で暴れさせたとの噂《うわさ》もある。今日の出来事を見るかぎり、まんざら噂だけでもないようだ。

外でも暴君のように振る舞っていたのだから、家ではなおさらだろう。

「なるほど、それで家を追いだされたと」

「それだけだったらよかったのですが、命も狙われていまして。姉さんは江戸中を転々として、最後に駿府に逃げてきたのです」

「なんと」

かねはときを呼び寄せて、首の後ろ側を見せた。白い肌には、傷跡がくっきりと残っていた。

「もう少しずれていたら、大変なことになっていました。それだけ本気だったということです」

「女傑のやりそうなことだが、さすがにひどいね」

「はい。それで、この子は駿府で育てようと思っていたのですが、ここへ来て、山城屋さんがこの子を探しているという話を聞きまして。迷った末に、江戸に出てくることにしました」

「なぜ、いまになって、山城屋さんはときちゃんを探そうとしたのかねえ」

「くわしくはわかりません。この間、店の方にお目にかかったときに聞いてみたのですが、答えてくれませんでした」

　そのあたりの事情は吉之助から聞いて、おおよそ察しがついている。

　いま山城屋では、主となった丸吉が巻き返しをはかっており、まきと激しく対立している。

　口を出してくる母親に嫌気が差したのか、丸吉は番頭《ばんとう》や手代を大幅に入れ替え、新しい小売や行商人を受け入れ、自分のやり方で商《あきな》いをはじめていた。これまで優遇《ゆうぐう》していた小売は、他の者と同じ扱いとし、卸《おろ》す油も大幅に減らした。

　さらに丸吉は一部の小売と手を組んで、安く外様の大名に水油を売るべく手を尽くしていた。

それがまきの勘気に触れ、いまでは家中を二分しての争いになっている。

「大女将《おおおかみ》はならず者を雇って、息子の仕事を邪魔しているっていうのだから。たいがいだねえ」

吉之助が渋い顔で語ったのを覚えている。

自分の娘を屋敷に住まわせ、その存在を世間に知らしめることができれば、丸吉の立場は大きく変わる。跡取りの問題がなくなるうえに、主人としての格もあがろう。母と子ではなく、父と娘という関係を表にすることで、山城屋を取り仕切っているのは自分である、と周囲に認めさせたいのであろう。

それがわかっているから、まきも反撃に出ている。ならず者を送りこんできたのが、その現れだ。

「ご主人とときを会わせようという話はあったのですが、そのたびに邪魔が入って。今日もその打ち合わせに出たところで襲われまして。正直、どうしていいものかわからなくなっています」

かねは息をついた。瞳の下は黒く染まっており、疲れが見てとれる。

「このまま、ときを山城屋さんへ入れても、幸福になるとは思えなくて。それならば、いっそ駿府に連れ帰って、私が育てたほうがいいんじゃないかと思っています」

「なるほど、それはそれで筋が通るけれどねえ」

そこで、右京は視点を転じた。

「大事なのは、ときちゃんの気持ちじゃないかね。この子がどうしたいと思っているのか。そこを確かめてみないと」

かねもときを見る。その丸い瞳は、右京に向けられていた。

「話はだいたいわかったね。おまえは聡《さと》い子だから」

ときはうなずいた。

「それで、どうしたい?」

「あたしは、おばちゃんと一緒に暮らしたい。変なところに行くのは嫌だ。ずっとそばにいたい。でも……」

「なんだい」

「お父ちゃんにも会いたい。一度でいいから顔が見たい」

ときは、まっすぐに右京を見て語った。切々とした口調には、彼女のささやかな願いがある。

母と死に別れたときにとって、父親は特別な存在だろう。どのような顔をしているのか、どのような身体つきなのか。どのような声で、どのようにして自分に語りかけてくるのか。一度でいいから、父の存在を全身で感じてみたいと思うのも当然だ。

まだ八歳である。大泣きして、とうちゃんに会いたい、と叫んでもおかしくない年であるのに、懸命に自分をおさえて、思いを伝えている。

「たいしたものだなあ。おまえさんは」

右京の言葉に、ときは首をひねった。こちらの思いはうまく伝わらなかったようだが、まあ、それはどうでもいい。

「こういうことだ、おかねさん。だったら、この子のためにできるだけのことはしてあげようじゃないか。私も、できるだけのことはするよ」

「ですが、差配さんにそこまでさせては。迷惑はかけられません」

「いいんだよ。ここはしあわせ長屋。ときちゃんの幸せのためならば、どんなことでもするさ。それに……」

「なんですか」

「いや、なんでもない」

右京は手を振った。

ひさびさの荒事《あらごと》に血が騒いだとは、さすがに言えない。

隠密を辞めたとき、刃傷沙汰《にんじょうざた》はもうまっぴらだと思っていたが、どうやら内なる火は消えていなかったようだ。

よい意味で、若返ったように思える。

ならば、差配として、見事に事をおさめてみせようじゃないか。

七

右京が山城屋の主と顔を合わせたのは、それから四日後のことだった。うまく吉之助を使い、霊巌島《れいがんじま》門前の茶屋に呼びだしてもらった。

丸吉は、利休茶の小袖に独鈷紋《どっこもん》の帯というういでたちで、大店の主らしい着こなしだった。

丸顔で、髷は小さく、顔もしっかり手入れしている。ただ見た目を気にしすぎて、振る舞いがいささか気負っているのが気になった。

「はじめまして。私が山城屋の主人、丸吉です」

主人を殊更《ことさら》に強調して、丸吉は語った。

「ああ、私は御神本右京。とある長屋で、差配をしております」

「しあわせ長屋ですね。ときはそこにいるのですか。でしたら、すぐにでも渡していただきたい。あれは、私の娘です」

丸吉は勢いこんでいた。主導権を取りたいのだろうが、素直に乗るわけにはいかない。

「もちろんです。お気持ちはよくわかります。ただ、気安く会わせることができないのも、たしかなこと。山城屋さんの御家騒動がおさまるまではね」

「争ってなんかいませんよ。主は私です」

「そう思っていない者も多くいます。だから揉め事が起きているのでしょう」

右京は、甘酒をすすった。

この茶店の甘酒は絶品で、わざわざ神田《かんだ》や日本橋から飲みにくるほどだ。参拝のついでに立ち寄るだけですよ、と店の者は言うのだが、本当の目的がどこにあるのかは飲んだあとの客の顔を見ればわかった。

「先だっても得意先で、諍《いさか》いがあったとか。つまらない連中が暴れて、奉公人が怪我をしたようですね。やられたのはご主人に味方をしていた小売で、仕掛けたのはお母上の手の者でしょう。これでも、なにもないと言えますか」

「い、いえ、しかし……」

「いつまでもとぼけてはいられませんよ。すでに町方が動いています。これ以上、騒動が続くようだと、店に乗りこんでくるかもしれませんね。いや、それが狙いでしょう」

「ええっ」

丸吉は声を張りあげた。さすがに驚いたようだ。

奉行所の役人が乗りこんでくるようなことになれば、商売に大きく響く。噂だけでも客足は遠のくはずで、山城屋の存亡《そんぼう》にもかかわる。

まきはそれを狙って、騒ぎを大きくしているのかもしれない。町方が動いて店が揺れたところで辣腕《らつわん》を振るえば、主導権を握ることができる。

「まさか、母がそこまでやるつもりだとは」

右京がそのことを言うと、丸吉はうなだれた。やわらかい春の日差しがその身体を包みこんでいるが、それを感じとる力も失っているようだ。

「じつは、母から女房をとれと言われているのです。いい年だからと」

「ほう。それはめでたい」

「とんでもない。その女房というのは、母の息がかかった女なのです」

「なるほど」

「母の実家は通町《とおりちょう》の薬師問屋でして、ちょうどひとり娘がいるからもらってくれと言われていました。その娘は、母と親しくしていて、一緒に芝居に行ったり、買い物をしたりする仲なのです。一度だけ会って話をしたことがあるのですが、まあ、気の強い娘でして。店を大きくするにはああすればいい、こうすればいいと語るだけで、こちらの話などまるで聞く気がないようでした」

「まさに母上とうりふたつですな」

「あんな娘を女房にしたら、気の休まるときがありません。母とふたりで攻めてこられたら、今度こそ私には居場所がなくなってしまいます」

　口うるさい女との暮らしは、しんどい。

　朝から晩まで文句を叩きつけられ、迂闊《うかつ》に口をはさもうものならば、十倍になって返ってくる。しかも、同じことを何月も何年も繰り返すのであるから、たまらない。

「ここが勝負所だね。なんとか自分の意を押し通して、店の手綱《たづな》を握らないと、逃げ場はなくなるよ。失敗して、肩身のせまい思いをして生きていく男を、私はたくさん見てきた」

「そんな……」

「ただ、あんたの場合、やりすぎるのはよくない。話を聞くかぎりね」

右京は、息をついて天を仰《あお》いだ。

「強く抗《あらが》うと、あんたを処分して、他の者を主にするかもしれない。まきさんは気が強すぎる人だから、自分に逆らう者を許しはしないだろ」

「でも、いったい誰を……あっ、まさか」

「おう。そのあたりの察しはいいね。そう、ときを使うんだよ」

丸吉がいなくとも、その娘が跡を嗣ぐとなれば、名目は立つ。しかも、ときは子どもだから、成長して旦那を迎えるまでは、自分が後見人となって店を守ると言い張ることもできる。

「まきさんは、ときの始末を考える一方で、手元に駒《こま》として持つことも考えている。このままだと、あの娘の人生は人に振りまわされるだけで終わっちまうよ」

丸吉は膝に手をついてうつむいた。その肩は、細かく震えている。

「試されているのは、おまえさんの覚悟さ」

右京は語気を強めた。

「ときをどうするのか、腹をくって決めなければならない。母親と争っても、自分の手元に置いておきたいのか。害をなす者が現れたときに、しっかり守ってやれるのか。自分の娘として、世間に言うのか。そういったことをね」

「…………」

「あの娘には、頼りになる者がほとんどいない。もし、あんたの意向に沿って山城屋に入れば、叔母《おば》さんからも引き離されてひとりになる。あの娘の味方をできるのは、あんただけなんだ。目の敵《かたき》にする母親と戦い、ときが一人前になるまで守ることができるのか。そこが決め手だよ」

おそらく、ときはこの先になにが起きるか察しがついているのだろう。かねから事情を訊《き》いたかもしれないし、江戸で出会った者たちに、それとなく話を聞かされたのかもしれない。

行くべき先は、敵地とわかっている。

それでも、ときは父に会う道を選んだ。腹をくくって、前に出る道を選んだ。その勇気に、右京は素直に感動していた。八歳の子どもの願いを叶《かな》えることは、悪いものではない。

あとは丸吉の問題だ。軸がぶれてしまっては、ときは間違いなく不幸になる。娘の父親は、しばしうつむいていた。だが、風が吹き抜け、梢《こずえ》が心地よい音色《ねいろ》を奏でたとき、顔をあげて右京に視線を向けた。

「できます。あの娘は私の娘です。守ってみせます」

「本当かい」

「はい。あの娘の母親には、本当にかわいそうなことをしたと思っています。その分も、ときにはできるだけのことはしてやりたい。大事なのは私の母ではない。娘です」

丸吉の声は力強く、その顔は先刻とはくらべものにならないほど引きしまっていた。目の輝きからして違う。

右京は、丸吉の腕を叩いた。

「いいね。男の顔になった」

腹をくくった男は、本当の意味で強くなる。

丸吉はひと皮むけた。この先、母親の呪縛《じゆばく》を抜けて、本物の商人として羽ばたいていくだろう。

「さて、ではこの先のことを考えよう。ここ二、三日が勝負だ」

右京は自分の考えを語った。動くなら、早ければ早いほどよい。

八

気配を感じて、右京は静かに身を起こした。引き戸を開けて、外に出る。しあわせ長屋は静寂《せいじゃく》に包まれていた。

周囲を照らすのは薄い月の明かりだけで、灯火《とうか》はひとつとしてない。むろん、人影もなく、わずかに動くのは風で揺れる庇だけだ。

庇は直しておこうと思ったのに、いまだ手をつけていない。今度、大工の文太に話をしないと。そんな差配らしいことを考えながら、右京は静かにときとかねの長屋に近づく。

殺気が逆巻いていた。

近くに身を伏せ、寝静まるのを待って、屋根伝いに長屋に入ってきたのであろう。

時は九つ半。さすがの深川も、この時間になれば夜の帳《とばり》が支配する。

二月とあって、まだ夜は寒い。右京の吐く息も白かった。

――昨日の今日で動いてくるとは、よほどだね。

丸吉は、右京と別れたあと、すぐに山城屋に戻り、娘を引き取り、一緒に住むと告げた。それは山城屋の主人は自分であると宣言したに等しく、店の者に大きな驚きを与えた。

まきは反論したが、それは思いのほか短かったようだ。すぐに奥に引っこんでしまい、その後もいっさい口を出さなかったらしい。

母は受け入れてくれたと丸吉は書状に記していたが、そんなあきらめのよい女ではあるまい。

おそらく、話を聞いた時点で、まきは腹をくくったのだろう。

従わないのであれば、早々に始末する。それが店のためになると。

こうして刺客《しかく》を放ってきたのも、その現れだ。早々にときをさらい、丸吉を脅《おど》すつもりでいる。そのとき、かねは殺されるに違いない。

右京が井戸の陰に身を隠すと、屋根から影がおりてきた。

四つで、いずれも灰色の装束に頭巾といういでたちだった。顔は見えない。

彼らは長屋の前に立つと、慣れた手つきで引き戸をずらし、隙間《すきま》から金具を送りこんで、つっかえ棒を外すと、戸を開ける。

物音を立てることなく、四人は長屋に消える。

右京は疾風《はやて》のごとき速さで、あとに続き、かねの部屋に入った。聞こえるように音を立てて、引き戸を閉める。

四人が振り向いたところで、右京は笑う。

「そこまでだぜ、お客人。ときもかねも、ここにはいねえよ」

空気が揺れて、敵たちは右京を見つめる。

「まったく、おまえさんたちの主は業《ごう》が深いね。敵にまわったとわかったら、さっそくに刺客を放ってくるなんてさ。ただ、それがわかっていて、ただ待っているほど、こっちも馬鹿じゃない」

昨日からふたりは、さよの部屋に移していた。手狭になったので、さよはうめの部屋に移り、ふたりは一緒に飯屋に出かけていた。

無理を言ったが、差配の言うことだからと、さよもうめも快《こころよ》く受け入れてくれた。こういうときは、本当にいい店子に恵まれたと思う。

「黙って帰れば、見逃す。おまきさんには、世の中にはあんたの思うようにいかないこともある、と伝えてくれ。ついでに、そろそろ隠居してはどうか、とね」

殺気が凶悪なまでに高まり、右京は交渉の余地がないことを知った。

「なら、いくよ」

右京が指弾を放つと、右の男が倒れる。

残った三人は彼に見向きもせず、左右に散る。

せまい長屋なので、行き場は限られるが、それでも音を立てずに迫ってくるあたりは見事だ。町民の子飼いとは思えない。

右京は懐から糸を取りだし、右の刺客との間合いを詰める。

刺客が突きだした短刀をかわし、後ろにまわりこんだところで、首に糸をかけて、強烈に締めあげる。

一瞬で、息の根を止められて、刺客はその場に崩れ落ちる。

彼の使った糸は細千と言い、人を吊りあげても耐えられるだけの強さを持つ。

硬くて扱いは難しいが、ひとたび慣れてしまえば、さながら糸自身が命を持っているかのように、自由自在に動かすことができる。

尖《とが》った先端で、急所をつらぬくことすらやってのける。

細千も指弾も、右京が隠密時代に苦心して編みだした技で、何度となく命を救ってくれた。

体術が人並みだった彼は、隠密や忍びとの戦いに苦戦していた。速さで劣るので、先手を取られてしまい、一方的に追いこまれることが続いた。

そこで作りあげたのが、敵の機先を制する技だ。

指弾は動きを気取られることなく致命傷を与え、細千はその変幻自在の動きで敵の混乱を誘ったところで急所をつらぬく。

百戦錬磨の忍びも、右京の秘技には対応できず、死体の山を重ねた。

仲間が動かなくなったのを見て、残ったふたりは刀を抜いて間合いを詰める。

右京はさがって外に出た。冷たい風が首筋を撫でる。

刺客のひとりが、奇妙な声をあげて迫ってきた。

横からと見せかけて、上からの一撃が放たれる。

着物の襟を切り裂かれてなびく。

――なんてことを……着心地がよくて気に入ってたのに……。

右京は内心で嘆《なげ》きながら、続く一撃をかわすと、指弾で男の膝を叩いた。よろめいて前のめりになったところで、その手にしていた刀を奪い、懐に入る。

もうひとりの刺客が刃《やいば》を繰りだしてくるのを待って、その男を前に突き飛ばす。

味方に背中をつらぬかれて、刺客は倒れた。

動揺する最後のひとりに、右京は横から迫る。細千を放つも、右にかわされる。

読みどおりであり、右京は相手の動きを先読みし、背中にまわった。

気づかれるよりも速く、敵の首に細千をかける。

「いい動きだ。同業かい」

武家屋敷の裏手でやりあったとき、ひとりだけ動きのいいならず者がいた。隠密の習練を積んだ者とみたが、間違いなかったようだ。

刺客は息を呑む。

「お、思いだした。その糸……おぬし、死神か。伝説の殺し屋がこんなところに……」

「悪いな」

右京が腕に力をこめると、一瞬で息が詰まり、身体から力が抜けた。締めつけをゆるめると、その場に崩れ落ちる。

長屋の住人が起きた気配はない。かすかに響くのは、犬の遠吠《とおぼ》えだけだ。

差配としての仕事は守った。店子の生活に響くような振る舞いは許されない。

これで明日も、何事もなくはじまる。

右京は静かに息をついた。残る問題はひとつだけだった。

九

丸顔の男が裏木戸に現れたところで、ときは大きく息を呑んだ。

それは、かたわらにいる右京にもはっきりわかるほどで、心が揺らいだことが見てとれる。

ときはじっと自分の父親を見つめていたし、丸吉もときを見たまま動かない。

人知れず右京が刺客を撃退した翌々日、山城屋から使いが来て、ときを引き取る旨を伝えてきた。少しでも早く手元に置きたいとのことで、使いの口上からも強い思いが伝わってきた。

ときに伝えると無言でうなずいたので、右京は丸吉に、長屋に来るように伝えた。

すでに、長屋の住人は事情を知っている。さようもうめも文太も、緊張した面持ちで彼らを見守っている。

ときはあきらかに戸惑っていた。何度も左右を見まわし、足を踏みだしては引っこめるのを繰り返していた。

「いいんだよ。好きなようにして」

声をかけると、ときは右京を見あげた。

「なにをしてもいい。なにを言ってもいい。おまえのおとっつぁんなんだから、好きにするがいいさ。つまらないことを言ってきたら、私が張り倒してやる」

ときはしばしうつむいていたが、やがて見えない手に突き飛ばされたかのように走りだし、丸吉の胸に飛びこんだ。

「おとう、おとう。会いたかった」

「ああ、とき。私もだ。私も会いたかった」

丸吉はときをぐっと抱きしめ、ときも父親の身体に抱きついたまま離れなかった。

暖かい空気が長屋を包む。

かねも、さやも、うめも、その瞳に涙を浮かべていた。

十分に互いのぬくもりを感じるだけの時間を与えてから、右京は歩み寄った。

「よかったな。会うことができて」

「おかげさまで。本当にお世話になりました」

丸吉が頭をさげると、ときもそれにならう。

「ありがとうございました」

「いいさ。私は差配だからね。店子のために働くのは当然さ」

右京はときの頭を撫でる。

「それで、この子は連れていくのかい」

「はい。今日にでも。もう住む部屋も決めています」

丸吉は、かねにもついてきてもらうと語った。幼いときには世話をする者が必要であり、それには懐《なつ》いているかねがよいとのことだった。

「正直、母が怒鳴りこんでくると思ったのですが、昨日あたりから様子がおかしくて」

「どうしたんだい？」

「幽霊を見たとか言うんですよ。足のない女が部屋をうろついて、私を見おろしていたと。すっかり怖がってしまって、家から出ていってしまいました。もう帰ってこない、と申しています。いままでそんなことはなかったのに」

「季節外れの幽霊とは。そいつはいいねえ」

おととい の夜、右京は山城屋に忍びこんで、幽霊画をまきの部屋に貼っておいた。目が醒《さ》めたとき、それが見えるようにして。

右京が水を垂らすと、まきは狙ったとおりに、あの草双紙屋で買ったおぞましい絵を見た。

悲鳴をあげなかったのは、濡《ぬ》れた手ぬぐいを首筋にあてたからだ。一発でまきは気絶し、その後は人が変わったように怯《おび》える日々を送っている。

「さあ、行くんだ。これからあんたたちは幸せになるんだ。新しい道をゆっくり歩んでおいき」

肩を叩くと、ときは丸吉と手を取りあって、しあわせ長屋から離れた。かねがそれに続く。

三人の姿が見えなくなるまで、右京は裏木戸に立って、静かに見送っていた。

……十二代将軍徳川家慶《いえよし》が世子《せいし》だったころ、お忍びで亀戸天満宮《かめいどてんまんぐう》に出かけた際に、暑気《しょき》あたりで体調を崩し、近くの寮に運びこまれた。

一時は生死の境をさまよったが、懸命の手当てと、急ぎ呼ばれた近所の医師のおかげで、かろうじて回復した。

その後、家慶が礼をしたいと申し出ると、寮の主は頭をさげてこう語った。

「やんごとなき事情により、住み処もなく、働く場所もなく、その日の暮らしす

らままならぬ者がおります。彼らはわずかな幸せを求めて、懸命に生きておりま
す。そのような者たちが、わずかな間でも暮らしていける場を与えてやることが
できたら、幸いに思います」
家慶は裏から手をまわし、深川の一角にひそかに長屋を用意させた。
そこは建物は古く、大雨が降れば水につかってしまうような場所であったが、
たどり着けば一時の安らぎを得ることができる。
だが、家慶の権力とて、盤石《ばんじゃく》ではない。将軍みずからが貧乏長屋を建てたなど
と幕閣に知られれば、反対勢力から、どんなあやをつけられるやもしれぬ。
家慶……ひいては徳川将軍家は、どんなに小さな隙も、周囲に見せるわけには
いかないゆえ、その長屋に特別の手当てをする必要があった。
『しあわせ長屋』の差配を代々、隠密かそれに類する者が務めているのも、そう
した理由があってのこと。
これは、世のほとんどの者が知らぬ秘事である……。

第二話　偽絵師

一

火事と喧嘩《けんか》は、江戸の華と言う。どちらも江戸には欠かせぬ名物であり、望むと望まざるとにかかわらず、生きていれば何度も立ちあう。

とりわけ喧嘩は、一日、江戸の町を歩いていれば、どこかで見かける。

ふたりの殴りあいからはじまって、四人、五人が集まっての木刀の叩きあい、さらに十数人が暴れまわる大乱闘などさまざまだ。

先だっては、深川の外れで木場《きば》の職人が渡世人《とせいにん》に挑《いど》む事件があった。なんでも仲間のひとりが半殺しにされたとかで、その敵を討つためとのことだったが、あわせて五十人を超える男たちが血みどろの戦いをして、そのうちの何人かは町方にひっくくられた。

ちなみに、その喧嘩の見物人は百人を超え、遠巻きにして渡世人と職人に歓声を送っていた。

酒をあおって賭《か》けをしていた連中もいるというから、なんとも逞《たくま》しい。

大工の文太もそのひとりであり、職人を応援していたら、町方に連れていかれて、右京が引き取りに出向いたほどだ。

盛り場が多い深川では、若者が頭から血を流していても、またやっているぐらいにしか思われない。

とはいっても、自分の長屋で、どうでもいいような口喧嘩がおこなわれていれば、話は別だ。三日連続となれば、なおさらである。

「だから、ちゃんと片付けをしろって言っているだろう。みっともない」

吠《ほ》えているのは、うめである。身体が大きいだけに、じつによく声が響く。

「ごみは毎日出す。掃除はきちんとする。長屋でどぶさらいをするときには、きちんと手を貸す。そんなことはあたりまえだろ」

「馬鹿馬鹿しい。こっちは忙しいんだ。そんなつまんねえことに、かかわっていられるかい」

「昼まで寝ていてよく言うね。どれだけ面《つら》の皮が厚いんだい」

争いはなおも続いたので、うんざりしながら右京は顔を出した。

井戸端《ばた》で、うめと白髪の老人が睨《にら》みあっている。

背が高く骨太なうめに対して、男は骨と皮だけの痩《や》せ細った姿で着物も貧相だった。見あげる瞳はねっとりとしていて、どこか陰湿な空気を漂わせる。

「とにかく、やることはちゃんとやってもらわにゃ困るよ。これ以上、ごねるようだったら叩きだすからね」

「やれるものならやってみな。こっちはおめえさんと違って、きちんと店賃《たなちん》を払っているんだ。出ていくのは、そっちじゃないのかい」

「なんだって！」

うめが箒《ほうき》を振りあげたので、あわてて右京は駆け寄った。

「よすんだ、うめ。怪我させるつもりかい」

「だって、差配さん、こいつが」

「いいから。とにかく箒をおろしなさい」

右京に言われて、渋々、うめは腕をさげた。

「話は私が聞くから。とにかくおまえさんは店にお行き。大丈夫、悪いようにはしないから」

うめはなおも顔をしかめていたが、右京に説得されると、井戸端を離れた。

「ざまあみやがれ」

老人が吠えたので、右京はたまらず口を出した。

「よしなさい。今回にかぎらず、ここのところの騒ぎは全部、おまえさんが悪いんだよ」

「なんでえ、おまえまで」

「なにもしないから言うんだよ。まったく。長屋の用事を放りだして、好き放題やるなんてさ。うめは思ったことを言うからわかりやすいが、おまえさんのことをよく思っていない人は多いよ」

さよですら、老人の振る舞いには文句を並べている。手伝いをしないのであれば、その理由《わけ》を話してほしい、と右京にも語っていた。

老人は顔をゆがめた。卑屈《ひくつ》な印象がさらに強まる。

「よけいなお世話だよ。俺はやりたいようにやる。仕事の邪魔をされてなるものかね」

「仕事って、あんた、なにもしていないじゃないか。昼間からごろごろしていて、たまに出かけたと思えば、酒臭《くさ》い息をしながら帰ってきて。いったい、なにをしているんだい」

「ちゃんと頭の中では考えてるんだよ。ちょっと見てみるかい、俺の仕事場」

老人は、自分の長屋に右京を案内した。

引き戸を開けると、板間に筆や紙が無造作に並べられているのが見えた。床一面に広がっており、座るべき場所がまったくない。

手前には、青や赤の顔料《がんりょう》が並べられた板があり、そこにも筆が何本か置いてある。

右京が土間に落ちた紙を拾いあげると、人の横顔が描かれていた。髪や眉《まゆ》は墨《すみ》で黒く塗《ぬ》られており、思いのほか見応《みごた》えがある。

「あんた、絵師かい」

「そうさ。ここのところ騒がれて落ちつかないんで、この長屋に入れてもらった。ちょいと名前を変えてな」

「たしか、半蔵《はんぞう》て名乗っていたね。なら、本当の名前は」

「おう、聞いて驚くなよ」

老人は舌で唇を舐《な》めると、汚く笑いながら応じた。

「俺は北斎《ほくさい》。葛飾《かつしか》北斎っていうんだ」

二

「偽物《にせもの》でしょう。間違いなく」

「やはりそう思いますか」

「あの老人が葛飾北斎なんて考えられません。でっちあげもいいところです」

縁台《えんだい》で蕎麦《そば》を食べているのは、中肉中背の町人だった。

絣《かすり》の小袖《こそで》に黒の羽織《はおり》といういでたちで、どちらも相当に使いこんでいるせいか、痛みが目立つ。髷《まげ》の手入れもいまいちで、うっすらと髭《ひげ》も生えている。

それでいて下品な印象がないのは、背筋を伸ばし、濁《にご》りのない目で話をしているからだ。立ち振る舞いだけを見れば、大人《たいじん》の風格すらある。

名を『学者』といい、しあわせ長屋のもっとも井戸に近い部屋に住んでいる。

部屋いっぱいに本を溜《た》めこみ、それを毎日、切り崩して読んでいる。

あまりにも本が多いので、土間も台所も埋まってしまい、彼に会うには積んである本を横にどかして奥に入る必要があった。

年は三十そこそこだと思われるが、頬《ほお》の肉は落ちているものの、瞳は炯々《けいけい》と輝いており、正面から視線を向けられると、思わずひるんでしまうほどだ。

本当の名前は、誰も知らない。聞くこともないし、調べることもない。

それが、しあわせ長屋の不文律だ。わけありの住民が多いなかで、腹の探りあいをするようなことはしない。

学者は、右京が差配になる前から長屋暮らしをしており、これまでの間、いい相談役を務めてくれていた。

「ちょっと考えれば、すぐにわかります」

「となると、気になるのは、なぜあの老人がそんな嘘《うそ》をついたのか……」

右京の問いに、学者は腕を組んで応じた。

「子曰《しいわ》く、勇を好みて貧しきを疾《にく》むは乱なり。人にして不仁《ふじん》なる、これを疾むは已甚《はなは》だしきは乱なりと申します。追いつめられていて、己《おのれ》を守ろうとしてつい放言を吐いたのでは」

「論語ですか、さすがですな」

引用で自分の思いを語るのは見事だが、いささか儒学《じゆがく》に偏《かたよ》るのが気になっていた。右京は老荘《ろうそう》を好み、儒学の説教くさいところは苦手だった。

「それにしても、北斎とは。思いきった嘘を吐いたものだ」

江戸で暮らしていれば、嫌でも北斎の名は耳に入ってくる。絵画界の巨匠で、富嶽《ふがく》三十六景、諸国滝廻《たきめぐ》り、諸国名橋奇譚《めいきょうきらん》といった、誰でも知っている錦絵《にしきえ》を数多く残している。草双紙《くさぞうし》の挿絵《さしえ》画家としても知られ、山東京伝《さんとうきょうでん》や曲亭馬琴《きょくていばきん》といった大物戯作家《げさくか》と組んで仕事をしていた。

多作であることでも知られ、発表された錦絵は膨大な数になる。十一代将軍・徳川家斉《いえなり》の前でも即興で絵を描いたというから、その才の凄《すさ》まじさが知れよう。

「ところで学者さん、本物の北斎とて、いい年でしょう。まだ生きているのですかね」

「死んだという話は聞いておりません。生きていれば、九十近いのではないですか」

「見たところ、あの老人は六十ぐらいですか。まあ、白髪になってしまえば、六十も九十もさして差はありませんがね」

「北斎も年のせいか、ここのところ新作は出しておりません」

学者は蕎麦を食べ終えると、箸《はし》を置いて丁寧《ていねい》に手を合わせた。

「筆を折ったという噂《うわさ》も聞いております。この先も表舞台に出てくることはないのではありませんか」

「名前を騙《かた》るには都合がよいわけですか」

あの痩せこけた身体で、奇矯《ききょう》な振る舞いをすれば、絵師と言われても納得はする。そもそも絵師は、頭が少しずれたような連中の仕事であり、世間から外れた生き様をするのは、ある意味、当然とも言えよう。

「さて、どうしたものか」

「おや、差配さんにしては珍しい。悩んでおられるとは」

「店子《たなこ》のことに口出しするつもりはないのですがね、あまり騒がれると、空気が悪くなっていけない。争いが飛び火して、つまらぬところでつまらぬ面倒が起きるかもしれぬ。早めに手は打っておかないと」

「ずいぶんと手慣れていますすな」

「いや、そんなことは」

「前にも差配をやったことがあるのですか」

「まさか」

隠密の仕事で市井の暮らしを営んだことはあるが、さすがに差配を務めたことはなかった。

右京が立ちあがると、学者もそれに続いた。ふたりは店を出ると、連れだって富岡八幡の門前町を抜けていく。

富岡八幡は、深川の象徴だ。夏の祭りはもちろん、三月のいまでも花見を兼ねて参拝客がひっきりなしに姿を見せ、いわゆる門前仲町は人であふれている。

創建は寛永《かんえい》四年、まだ深川が水草に覆《おお》われている時期で、永代島の一角に白羽《しらは》の矢《や》を見つけ、そこに八幡神体を鎮座《ちんざ》したと言われる。

その後、深川に人が移り住むに連れて発展し、享保《きょうほう》四年には社殿が立て直され、江戸屈指《くっし》の神社として、その名が知られるようになった。貞享《じょうきょう》元年には勧進相撲《かんじんずもう》もおこなわれ、多くの客を集めている。

門前町の華やかなことは有名で、『江戸名所図会《ずえ》』にも、「当社門前一の華表《とりい》より内、三、四町が間は両側茶肆《ちゃや》、酒肉店《りょうりや》軒《のき》を並べて、つねに絃歌《げんか》の声絶えず」と記されている。

右京が見あげると、二階茶屋で、若旦那《わかだんな》とその取り巻きが昼から飲んでいる姿が見てとれた。芸者も侍らせているようで、三味線《しゃみせん》の音色《ねいろ》がなんとも心地よい。

風が吹いて、桜の花びらが飛び散る。夜になれば、灯《あか》りがつけられ、別の世界に来たかのような淫靡《いんび》な空気である。

「いや、いつ来てもすごいですな。人の気持ちが浮き立つのも、わかろうというものだ」

感嘆《かんたん》したように言う学者に、右京は語りかけた。

「どうです。遊んでいきますか」

「やめておきましょう。いくら金があっても足りませぬ」

学者の顔が強張《こわば》ったのを、右京は見逃さなかった。

表情に浮かんだのは、嫌悪《けんお》と後悔の念だ。

細くなった瞳には、かつてないほどの強い感情が一瞬だけきらめいて、幻《まぼろし》のように消え去った。

そこに、彼がしあわせ長屋に住み着いている理由があるように思えたが、右京はなにも言わなかった。

ふたりはゆっくり門前町を、永代橋方面に向かって歩いていく。

「それで偽北斎の件、差配さんは、いかがするつもりですか」

「どうしたものですかね。ちょっと考えております」

「あまり時をかけぬのがよろしいかと。季文子《きぶんし》、三たび思いて而《しか》る後にこれをおこなう。子、これを聞きて曰く、再びせば斯《こ》れ可なりとも申しますから」

論語公冶長《こうやちょう》の一節だ。

魯《ろ》の家老・季文子は、三度、考えてから行動した。それを聞いて孔子《こうし》は、二度で十分と語り、考えすぎるとろくなことはないと警告した。

「覚えておきましょう」

右京は静かに応じると、足早に仲町を抜けていった。

三

長屋に戻ると、右京は偽北斎の長屋を訪ねたが、会うことはできなかった。戸を叩いても返事はなく、人の気配も感じられなかった。

ちょうどたえが出てきたので尋ねてみると、昼過ぎに出かけたとのことで、いつ戻ってくるかも告げていないようだ。

井戸端に出ると、三番目の長屋から老人が出てきた。

時政《ときまさ》と名乗っていて、かねとときの代わりにしあわせ長屋に入ってきた。髪は白く、ひどく痩せているが、背筋は曲がらず、歩く姿にも力強さがある。

偽北斎老人よりも、はるかに若く見え、長屋の者からも敬意をもって扱われていた。

「ああ、時政さん。こんにちは」

「おう。差配さん。精が出るね」

右京が頭をさげると、時政は笑って応じた。

「なんだい、あの困ったご老人を探しているのかい」

「ええ。まあ。いろいろとありまして」

「長屋のあちこちで喧嘩してまわっているようだね。威勢がいいことだ」

「いえいえ。ああまで騒がれちゃ、こちらとしては大変ですよ。時政さんにも迷惑をかけていないといいんですが」

「俺は大丈夫だよ。ああいうのには、慣れているんだ」

時政は笑って手を振る。その指は曲がっており、筆を使う仕事であることが見てとれた。

右京は苦笑いを浮かべる。

「あれで絵師だって言うのだから、困ってしまいますよ」

「なるほど。絵師ね。そうかい」

「なにか」

「いや、いいんだ」

少し出てくると言って、時政老人はしあわせ長屋をあとにした。

右京はもう一度、引き戸を叩いて返事がないことを確認すると、自分の長屋に戻った。自分で茶を入れると、静かにする。

「さて、どうしたものか」

あの偽北斎は長屋に迷惑をかけているが、きつく叱《しか》っても身をあらためることはあるまい。やりたい放題の生活が続くだけで、労力をかけるだけ無駄だ。あの老人が、人の意見に従うとは思えない。

「六十にして耳順《したが》うというがねえ」

つぶやいてみて、右京は論語の一節を引用していることに気づいた。苦手なはずなのに、学者に影響されたか。

かたわらに置いた帳面を開いて、自分の考えを書きはじめたところで、騒ぎの声があがった。カン高い女の声が、耳朶《じだ》を打つ。

「やめてください。なんですか、あなたは」

右京が帳面を放りだして飛びだすと、さよが三人のならず者に囲まれていた。

いずれも背が高く、袖口に彫り物が見てとれる。

惣髪《そうはつ》の男がさよの手を取って、締めあげる。

頭に血がのぼって、右京は怒りのままに指弾《しだん》を放つ。

「いてっ」

うめいて男が手を離したところで、さよを救いだした。

「なにをするんだ。うちの店子に」

「てめえ。なにしやがる」

「それはこっちの台詞《せりふ》だ。いたいけな女の子に手をあげるなんて。鬼畜《きちく》かね」

「おい、誰を見て話をしている。おまえの相手は俺だぞ」

右京は、怒鳴り声があがっても気にすることなく、三人のなかでもっとも背の小さな男を睨んでいた。茶の弁慶格子《べんけいこうし》に、黒の羽織というでたちだ。

男はじっと右京を見た。凄まじい眼光であり、修羅場をくぐり抜けてきたことがわかる。

「おい」

「やめねえか。三左《さんざ》」

男が睨むと、三左と呼ばれた男は黙った。

「おめえさんが、ここの差配かい」

「そうだ。右京という」

「俺は雄三《ゆうぞう》だ。日暮れの雄三。狐組《きつねぐみ》の若頭《わかがしら》を務めている」

右京は顔をしかめた。

狐組と言えば、佐賀町の一帯を仕切る渡世人の集まりで、頭領は狐の又右衛門《またえもん》。荒っぽいことでよく知られており、一月に江戸で大火があったときには逃げ惑う人々を殴り飛ばし、金品を奪い取ったという。町方も手を焼いていて、十日前に、狐組には気をつけるように、という触書《ふれがき》がまわってきたばかりだった。

「その若頭がなんの用だい」

「ここに、玄艶《げんえん》っていう絵師がいるだろう。そいつを出してもらいてえ。白髪の爺《じじい》だよ」

「知らないね。そんな名前の男はいないよ」

「とぼけるなよ。しばらく行方をくらましていて、ずっと探していたんだ。上州《じょうしゅう》に行ったという話を聞いて、人をやったこともある。どうにも見つからねえからあきらめかけていたら、こんな近くにいやがった」

「勘違いじゃないかね。私は知らないよ」

「ふざけるな。あいつは、俺たちから金を騙《だま》し取っている。こういう絵を描いてほしいって頼んだら、二十枚のうち一枚しか仕上げず、そのうちにとんずらこきやがった。舐められて黙っているわけにはいかねえんだよ」

「そいつはいい。堅気に金を騙し取られて。やくざ者も台無しだね」

「なんだと」

三左が拳《こぶし》を振りあげるも、右京はひるまず、雄三だけを見ていた。

「わかった。今日のところは帰る」

「兄貴」

「本人がいねえんじゃどうしようもねえ。騒ぐのは、このあとでもできる」

雄三は、右京を下から見あげた。

「ただ、いつまでもかくまうことはできねえぞ。次は、きっちりけりをつける。店子が大事なら、その行方ぐらいはつかんでおけ」

雄三は右京に背を向けたが、少し歩いたところで振り向いた。

「ひとつ聞きてえ」

「なにかね」

「なぜ、俺が頭とわかった。たいていの奴は、三左に目が行く。目立つことはしていなかったはずなのに、おめえさんはまっすぐに、俺だけを見ていた。どういうわけだ？」

「さあね。たまたまだろう」

右京はとぼけた。

顔を合わせた瞬間から、雄三がまとめ役であることはわかっていた。

三左とその仲間は動くとき、ほんの少しだが、雄三の顔色を気にしていた。

拳を振りあげる前にも、横目で機嫌を確認していたぐらいで、誰がまとめ役かは一目瞭然《いちもくりようぜん》だった。

雄三は顔をしかめ、ようやく長屋を立ち去った。

濁った空気がわずかに残る。

右京は手を振ると、怯《おび》えているさよに声をかけた。


その後も雄三とその仲間は姿を見せ、しあわせ長屋の住民に脅《おど》しをかけた。

一度は、右京が留守のときに姿を見せ、壁《かべ》を蹴《け》飛《と》ばし、桶《おけ》や箒をさんざんに打ち壊した。見かねたうめが雄三に文句をつけると、その頬をはたかれた。

もう少し右京の帰りが遅くなっていたら、どうなっていたかわからない。

馴染《なじ》みの岡っ引《おかぴ》きからも、雄三の動きには気をつけるようにと言われた。雄三とその手下は凶暴で、怒らせたらなにをしでかすかわからない。火をつけられたくなかったら、とにかくおとなしくしていろと語った。

一方で、偽北斎は以前と変わらぬ生活を続けており、それが店子の怒りを買っていた。昼間から酒を飲み、長屋に帰ってくると、うめだけでなく、大工の文太や駕籠《かご》かきの銀次《ぎんじ》にも文句をつけた。

空気は悪化の一途をたどり、一触即発の状態に陥《おちい》っていた。

四

「どうしたものですかね。あのご老人」

学者に問いかけられて、右京は唸《うな》った。腕を懐《ふところ》に入れて、首をひねる。

「狐組の連中は、また来るでしょう。この三日はおとなしくしていますが、それがかえって気になります。木場のあたりで悪さをしていたという話も聞きますし。馴染みの店の手代から、明日にも出入りがあるのでは、とも言われました」

内容に反して、学者の口調は淡々としていた。恐れはなく、事実をありのままに語っているように見える。

「長屋の連中も、なにをしでかすかわかりません。文太さんや銀次さんだけでなく、あの橋之助《はしのすけ》さんですら怒っていましたからね」

橋之助は飾り職人で、通いで今川町《いまがわちょう》の作業場に通っている。

腕は抜群によく、親方も唸らせるほどの品物を作りあげる。無口で、感情をあらわにしないが、よくまわりに気配りし、長屋の仕事も文句を言うことなく手伝ってくれる。右京も、なにかと頼りにしていた。

その彼が偽北斎の振る舞いについて、右京に文句を言ってきた。あれはいけない。長屋の気持ちを踏みにじる、と。

細かく聞いてみると、さよに理不尽な怒りをぶつけていたらしい。挨拶《あいさつ》したときに、なにか顔のことを言って、ひどくさよの心を傷つけたとのことだ。その場で、橋之助が文句をつけたと言ったのだから、相当のことだったのだろう。

あとから、さよに確かめたら、ひどい言葉を投げつけられたことは認めた。

「うめさんなんか、すぐにも追いださせろって言っています。ここで大喧嘩が起きていても驚きませんよ」

ふたりが話をしているのは、亀久橋《かめひさばし》の南詰だった。

寄合《よりあい》があって、右京は深川山本町《やまもとちょう》まで出かけていた。思いのほか長い話が終わり、重い気分で長屋に戻ろうとしたところで、学者に声をかけられたのである。

ふたりは連れだって、仙台堀まで戻ってきた。

天気はよく、春のやわらかい日射しが頭上に降りそそいでいるのに、右京の心は晴れなかった。河岸《かし》からの威勢のいい声も、あまり心に響かない。

差配を務めるようになってから一年と少しが経つが、ここまで長屋の空気が悪くなったことはなかった。

喧嘩は日常茶飯事《さはんじ》で、うめの怒鳴り声も毎日のように響いていたが、鉈《なた》を思わせるような鋭い声で文句を叩きつけた記憶はない。

店子がやりあえば、右京が割って入るしかない。多くは偽北斎を嫌っており、右京にも味方をするように強《し》いるだろう。

「どうするんですか」

右京はしばらく答えなかった。ただ、堀に沿ってゆっくりと歩む。

左手方向には板塀《いたべい》が連なり、その先には、瓦屋根の永代寺の本堂が見てとれる。

永代寺は深川八幡の別当であり、神社とほぼ時を同じくして創建された。深川屈指の寺領を持ち、三月二十一日からおこなわれる山開きには、多くの参拝客が詰めかける。

門前には二階建ての料理屋が並び、江戸中から客が集まるほどだ。

右京も何度となく、お参りに出かけた。

春風が吹き、読経の声が響く。日射しを受けて輝く水面と、知りあいの船頭《せんどう》がこちらに気づいて手を振る姿を見て、右京はようやく話す気になった。

「きつく言いきかせることはできますが、そんな気になれないんですよ。なんだか、あの老人がかわいそうに思えてね」

「かわいそうですか」

「さんざんに憎まれ口を叩いて、同じ店子と会っても横を向いているだけ。長屋の用事はいっさい手を貸さず、昼から出かけて酒をくらう。それを注意されれば、倍返しで文句をつける。そんなことをやっていれば、嫌われるってわかるでしょう。なのに、あの人はやってしまう。そこに、なにか裏がありそうでね」

「甘えているだけかもしれませんよ」

「まあ、そうですね。世間には、蛭《ひる》のように金を吸いあげても、平然としている輩《やから》もいますから。そうと言えないこともない」

右京は吐息《といき》をつく。

「だが、あの人は違う。こう、目が哀しんでいるんですよ」

哀しみについて、右京は思いを馳《は》せた。

人は誰しも哀しみを抱えている。それが表に出ることもあれば、魂《たましい》の奥底にひそんで、容易に探ることができない場合もある。

人前で涙を見せないからと言って、哀しさを感じていないわけではない。ただ、その現し方を知らないだけだ。

右京も哀しみの出し方を知らない。長年の隠密生活で忘れてしまった。仲間に、おまえは氷のようだと罵《のの し》られたこともある。

だからこそ、偽北斎の叫びがわかる。彼には、人にあたり散らすことでしか現すことのできない深い思いがある。目を逸《そ》らすときのちょっとした振る舞いや刺々《とげとげ》しい言葉を吐くときの態度から、かすかに見てとれる。

傷つけたくないと思いながらも、毒を吐いてしまうところに、右京は心の痛みを見てとった。

彼がしあわせ長屋に来たのは、理由《わけ》があってのことで、その摂理《せつり》を無視するわけにはいかない。

「もう少し様子を見ようと思っています。私が直《じか》に話を聞いてもいい。すみませんが、あなたの口から長屋の連中にもそう伝えてもらえませんか」

「差配さんから言わないのですか」

「私からも言いますよ。ただ、皆は私に味方するように期待しているかもしれないから、正しく話が伝わらないかもしれない。それでは困るんですよ」

素直に右京は頭をさげた。

数々の修羅場をくぐり抜けてきた死神にも、できることとできないことがある。とりわけ、人の心をまとめるのは難しい。

ならば、素直に人の手を借りる。それは、差配を務めるうちに学んだ、町での生き様だった。

学者は、しばし間を置いてから応じた。

「わかりました。できるだけのことはしましょう。ただ、あまりこじれると、どうにもならないことも出てきますから、そのときは……」

穏やかな彼の言葉は、途中で途切れた。その視線が行く道の先に向く。

右京が顔を向けると、荷車を避けるようにして走ってくる男が見えた。

橋之助だ。顔は真っ赤で、着物の裾《すそ》もひどく乱れている。人目を気にせぬ振る舞いから、なにかが起きたことは一目瞭然だった。

右京と学者は顔を見あわせ、走りだした。大きく手を振ると、彼もこちらに気づいた。

「大変です。差配さん、長屋に……」


右京が最後の角を曲がったところで、裏店《うらだな》から人が飛びだしてきた。つまずいて、道を転がる。

偽北斎だ。

汚い着物は袖口や裾が切れていて、一部が赤黒い血で染まっていた。

「ようやく見つけたぞ、玄艶。今日は逃がさねえ」

裏長屋から雄三が出てきて、彼を見おろした。周囲を、その子分たちが取り囲む。

「頼まれた絵も描かずにいなくなるとは、たいした度胸だ。しかし、それを見逃すほどこっちも甘くねえんでな」

雄三がその腹を踏みつけると、偽北斎は悲鳴をあげた。

次いで右腕を狙《ねら》って足が振りおろされるが、それは身体をひねって避ける。といっても、脇腹を思いきり踏まれており、声が出たことには変わりがなかった。

野次馬から声があがり、殺伐《さつばつ》とした空気が漂ったところに、右京は強引に割って入った。

「やめんか。うちの店子になにをするか」

「ふん。やっぱり、かくまっていたじゃねえか。こいつが玄艶だよ」

雄三は思いきり細い身体を蹴りあげた。

「連れていくぜ。もしかしたら、二度と長屋に戻ってこないかもしれねえが、そのときは後始末を頼むな」

「行かせないよ。店子を守るのは、差配の仕事だからね」

「逆らうのか。いいね、なら、ここで腹に穴を開けてやるよ」

雄三が長脇差《ながわきざし》に手を伸ばし、子分がじりじりと動いて、彼を取り囲む。

彼らを叩きのめすのはたやすい。

相手は四人だが、いずれも素人《しろうと》で、指弾を叩きこめば、それで決着はつく。細千を繰りだすまでもない。

しかし、野次馬の前での争いとなれば、妙な差配がいると噂になり、長屋を調べる者が出てくるかもしれない。そこから、長屋の成り立ちが暴かれたら、面倒なことになる。

騒ぎを大きくすることは、避けたい。

「……いっそやられるか」

「なにか言ったか」

雄三が吠えるが、右京は無視する。

一緒に叩きのめされ、大きな騒ぎになってしまえば、偽北斎の拉致《らち》は防げるかもしれない。

多少、痛い思いはするが、米沢《よねざわ》で上杉家《うえすぎけ》の家臣に捕まり、さんざん叩かれたことにくらべればましだ。

右京は腹をくって、身体から力を抜く。

高い声がしたのは、その直後だ。

「町方だ。町方が来たよ」

さよだ。曲がり角の向こう側で、跳ねて手を振っている。

かたわらには学者もいる。

雄三が顔をゆがめた。三左もしきりに左右を見まわしている。

「くそっ。行くぞ」

雄三は腹いせに偽北斎の腹を蹴ると、足早に立ち去った。子分もそれに続く。

野次馬が散ったころになって、ようやく同心が姿を見せた。なにかあったのかとしきりに左右を見まわすが、右京が合図すると、うなずいて立ち去った。

奉行所の同心には付け届けをしており、意を察すれば、踏みこんでくることはない。

右京は大きく息をつくと、偽北斎に歩み寄る。

「大丈夫かい。ひどくやられていたようだが」

「よけいなことをしやがって。あんな奴ら、俺だけでなんとかなったよ」

「強がりはよしなよ。さあ、こちらで手当てを」

「うるせえ。俺のことは放っておいてくれ」

「どこへ行くんだ。なにがあったのか、聞かせてもらわないと」

「長屋の連中に聞けばいいだろう。俺は知らねえよ」

偽北斎はゆっくり立ちあがると、よろめきながら大通りに歩いていく。急ぎ追いかけようとしたところで、背後から声がした。

「あの、すみません。あなたさまは、あのご老人の知りあいですか」

振り向くと、身なりのよい男が右京を見ていた。年齢は四十ぐらいだろうか。

茶の羽織がよく似合っている。

後ろに控えるのは手代で、大きな風呂敷を背負っていた。

「あの、いたぶられていた老人です。なにやら話をしていたようですが」

「ええ、まあ。多少ですが……」

「ぜひ話を聞かせてください。私は、あの方を探していたのです」

五

男は宗左衛門《そうざえもん》と名乗り、通油町《とおりあぶらちょう》で梅華堂《ばいかどう》という書肆《しょし》を営んでいるという。本を仕入れた帰りに、今回の騒動にぶつかったとのことだった。

「あの方は、玄艶といい、高名な絵師のもとで修業をしていたのです」

宗左衛門は、右京の長屋で語った。雄三も彼を玄艶と呼んでいたところを見ると、それが彼の号なのだろう。

「骨太な絵を描く方で、風景画で評判を成しました。私の店では父の代から世話になっておりまして。多くの挿絵を描いていただきました」

宗左衛門は戯作者の名前をあげ、絵がいかにすばらしかったかを力強く語った。

「あの腕前から見て、そうそうに独り立ちして、絵師として名を成していくと思われたのですが、ある時期からぷっつりと姿を消しまして」

「なにがあったのですか」

「女のことで、いろいろとありまして」

玄艶は、ふたり目の師匠のもとで修業している最中、若い女とよい関係になった。

深川の芸者で、気っぷのよさで知られており、玄艶とは酒宴の席で顔を合わせた。ふたりとも忖度《そんたく》なしの物言いを好んだので、気が合ったらしい。すぐに互いの家を行き来する仲になった。

ただ、その女は、玄艶の師匠が手ひどく振られた相手で、ねちっこく恨んでいた。それだけに、ふたりが付き合っていると知ると、烈火《れっか》のように怒り、玄艶を破門したばかりか、仕事ができぬように版元《はんもと》や地本《じほん》問屋に圧力をかけた。

職を失い、玄艶はたちまち窮乏《きゅうぼう》した。

耐えられず、あぶな絵や贋作《がんさく》にも手を出し、正統な絵師としての活躍の場は失われていった。

「上方に行ったのが、十五年ぐらい前でしょうか。それから、とんと話は聞かずにいました。まさか江戸に帰ってきていたとは」

「そうかい。そんなことが」

右京はため息をついた。

懸命に修業し、ようやく身を立てることができると思った矢先、単なる師匠の嫉妬《しっと》から行く手を奪われては、思いのはけ口があるまい。やりたい仕事ができず、打ちひしがれたに違いない。彼の哀しみは、そのあたりに根ざしているのか。

「それで、その芸者さんとはどうなったんだい」

「師匠が手をまわしたおかげで、芸者さんの生活も立ち行かなくなりました。上方へ行ったのも、新しい仕事の口を求めてとのことで。ただ、別れたという話は聞きませんでしたね」

「いまはひとりだからな。嫌なことになっているかもしれないね」

「玄艶殿は、なぜあんな目に？」

宗左衛門の問いに、右京は知っていることをすべて語った。

「なるほど。たぶん、玄艶殿は贋作かあぶな絵を頼まれたのでしょう。それを描かずに逃げだしたから、追われることになったと」

「それは、うまくないね」

「相手は面子《めんつ》を潰《つぶ》されていますから、なにをされてもおかしくありません」

「助けてやりたいのはやまやまだが、本人があのありさまだからねえ」

さんざんに悪態《あくたい》をついて、昼間からほっつき歩いていては、どうすることもできない。わざわざ痛めつけてくれと言っているようなものだ。

宗左衛門はしばし考えこんでから、右京に話を切りだした。

「玄艶殿は、まだ絵を描いておられるのでしょうか」

「ええ、まあ。やっているようですよ。見てみたいですか」

「ぜひとも」

右京が絵を持ってくると、宗左衛門はじっと見つめた。眼光は、剣客《けんかく》を思わせるほどの鋭さだった。

「腕は落ちていませんね。いや、もっとよくなっている。この女の顔。以前の玄艶殿には出せませんでした」

「そういうものですかね」

「これならば、大丈夫かもしれない」

宗左衛門は右京を見た。

「頼みがあります。玄艶殿のためにやってほしいことがあります」

玄艶が帰ってきたのは、暮れの五つを過ぎてからだった。右京が宗左衛門を伴って長屋を訪ねると、老人は目を丸くした。

「おひさしぶりです。玄艶殿。ふたたびお目にかかれるとは思いませんでした」

玄艶は口元をゆるめたが、それは一瞬のことで、すぐに険《けん》のある表情に戻った。

「なんだよ、梅華堂。あんたのところに、借金はなかったはずだよ」

「絵の約束を反故《ほご》にされておりますが、まあ、それはよいでしょう。今日は折り入って頼みたいことがございます」

宗左衛門は頭をさげて、挿絵を描いてほしい戯作者がいる、と語った。優《すぐ》れた才能を持っており、曲亭馬琴の跡を嗣《つ》ぐことができると考えているが、なにぶん本人にやる気がない。

武家で役目に就《つ》くことばかり考えており、戯作は役目を得るまでの稼ぎと考えている。それがなんとも腹立たしく、なんとかやる気にさせたいと考えていた。

「ですから、玄艶殿に挿画を描いていただきたいのです。あの力強い絵があれば、翻意《ほんい》させることができます。やっていただけないでしょうか」

「悪くない話だと思うが、どうかね」

頭をさげる宗左衛門の横で、右京が口添えした。

「あなたも、このままでいいとは思っていないんだろう。その証《あか》しに、並んでいる顔料。それ、狐組の連中から巻きあげた金で買ったんだろう」

瀬戸物すらない家で、画材だけはきれいにそろっていた。筆も新しかったし、散らばっている紙もよいものばかりだった。

乱雑に散らばっていても、きちんと道具は手入れされており、いつでも絵を描くことができるように準備されていた。

「梅華堂は名の知れた書肆と聞く。いい機会だ。あんたもやってみちゃあ」

玄艶は無言でうつむいている。

渋い表情は以前と変わらぬが、その目はかたわらに置いた筆に向いていた。軽く握った拳は、膝《ひざ》の上で震えている。

「いままで玄艶殿になにがあったのかは聞きません。ひとりでいらっしゃるということは、相当につらい目に遭ったのでしょう。ですが、絵から逃げていては、なにも変わりません。向かいあって戦わなければ、なにも手に入りません」

宗左衛門の言葉は、人を動かすに足る熱量を帯びていた。

書肆は戯作者を動かし、絵師を駆りたて、職人の気持ちをひとつにまとめて書籍を作る。それでいて儲《もう》からないので、内なる心の炎がなければ、長く続けることはできない。父親の代から見世を守っているという一点だけで、宗左衛門は本物だ。

銭がなければ、人は動かない。それは、疑いようのない事実だ。

だが、その一方で、銭だけでは動かないことも、右京は知っていた。結局、最後に背を押すのは、強い人の思いなのであろう。

「お願いします。なんとしても、ここは」

玄艶が口を開くまでは、長い時間がかかった。四半刻《しはんとき》は、彫像と化したかのように動かなかった。

ようやく響いた声は、ひどく小さかった。

「俺は、長いこと、まともな絵は描いてないぜ。それでもいいのか」

「は、はい」

「いつできるかわからねえ。出来がいいかもどうかもしれねえ。それでも頼むのか」

「もちろんです」

間を置いて、やってみるか、と玄艶は答えた。

それは、蠟燭《ろうそく》の明かりが輝く長屋に不思議なほどよく透った。

六

翌日から玄艶は、長屋にこもりきりで作業に取りかかった。ろくに食事もせず、なにかを描いては、丸めて棄《す》てる。その繰り返しだった。

用意していた紙はまたたく間に尽き、宗左衛門が追加を手配せねばならぬほどだった。わずかな間に目は血走り、頬はくぼみ、どこか餓鬼《がき》を思わせる風貌《ふうぼう》となった。

凄まじい情念で玄艶は絵を描き続けたが、成果は思うようには出なかった。

半月が過ぎても、下絵すらできないありさまで、苦悩の日々は長く続いた。

その日、右京は引き戸を叩こうとしたが、ぎりぎりで思いとどまった。

用事がないのに顔を合わせても、しかたがない。かえって焦《あせ》らせるようなもので、いまは放っておくのがよい。

右京は無理に自分を納得させて長屋から離れたが、鬱屈《うっくつ》をうまく晴らすことはできなかった。井戸端の甕《かめ》から水を汲《く》んですする。

「おう。俺にもくれねえか」

時政老人が声をかけてきた。じつのところ、彼もなにをやっているのかよくわからない。一日中ぶらぶらしているようにも見える。

右京が柄杓《ひしやく》を渡すと、老人はうまそうにすすった。

「いいねえ。ここは、いつでも水が飲めるように、甕に水が張ってある」

「それぐらいは。いちいち沸かすのは面倒ですが、これで気分がよくなりますからね」

「違いねえ」

時政老人はふたたび水をすすると、玄艶の長屋を見る。

「苦しんでいるようだねえ、玄艶さん。まあ描くのがひさしぶりだから、しかたないかねえ」

「知っているのですか」

「絵を見たことがある。人が飛びだしてきそうな迫力があってね。草双紙屋で手にしたときには、肝を抜かれたものさ」

「大変な思いをしたようで。つらい話をしてくれました」

玄艶は、挿絵の打ちあわせをしながら、女房だった芸者が上方に移った直後に死んだと語った。寝込んでから三日もしないうちで、ろくに看病もできなかったらしい。

その後は働く気になれず、法度《はっと》に触れるあぶな絵を描いて暮らしていた。大きな寺から仕事が入ったときには、代金を踏み倒されたうえに、玄艶が自分を脅したと訴えられて大損を被《こうむ》った。

結局、上方にはいられず、風の吹くまま、越前《えちぜん》、加賀《かが》、越後《えちご》と旅をし、絵を描くことでわずかな金をもらって生きてきた。

江戸に帰ってこられたのは半年前で、そのとき路銀《ろぎん》はほとんど尽きていた。

「なんとかしてほしいんですが、こればかりは本人次第なので」

右京に絵心はない。よけいな口出しをすれば足を引っぱるだけで、できるのは、見守ることだけだ。

死神と呼ばれ、隠密の間で怖れられていたのに、店子の危機になにもできないとは。

右京は情けなさを感じる一方で、自分のそのような心持ちに驚いてもいた。

隠密を務めていたときには、一度として人の運命など気にかけたことはなかっいた。町民も武士も単なる物でしかなく、自分にとって役立つかどうかだけを見ていた。それが、ここまで思い入れることになろうとは。

人とは、彼が考えている以上に、不思議な生き物であるようだ。

「どうなさった」

「いや、なにも……」

そこで表通りから、さよが入ってくるのが見えた。握り飯を乗せた盆を持っている。

「あ、差配さん、おじいさんも。こんにちは」

「おう、その握り飯は、もしかして玄艶さんに差し入れかい」

「ええ、うめさんに頼んで作ってもらったんです。ここのところ、ろくに食べていないみたいなんで」

「優しいねえ、さよは。あの人には、さんざん悪態をつかれただろうに」

「いいんです、それは。もう謝ってもらいましたから」

さよは引き戸を見た。

「口ではいろいろ言うけれど、あの人、酔っても人に手をあげることはしなかったし、子どもを邪険にすることもありませんでした。私に謝ったときも、本当にすまなそうな顔をしていて。お詫《わ》びにって絵も描いてくれたんですよ。なんか、それで嬉《うれ》しくなっちゃって」

「そうか」

「見てみますか。これが私なんですって」

さよは懐から、似顔絵を取りだした。

独特の曲線で描かれた女性の顔は、あきらかにさよとわかった。特徴的な目元と口元が、うまく表現されている。

「ほう、うまいものだ。ねえ、そうでしょう」

右京は時政老人に同意を求めたが、返事はなかった。驚くほど真剣な表情で、絵を見つめている。

気になった右京が口をはさむ寸前、時政は矢立《やたて》を取りだし、絵のなかのさよの横顔に、一本だけ線を入れた。

「これを見せてやんな」

「は、はい」

時政に言われるままに、さよは飯と絵を持って長屋に入った。

しばらくして戸が凄まじい勢いで開いて、玄艶が顔を出した。

血走った瞳で、時政を見る。

驚きとも興奮とも取れるような激しい表情をしており、痩せこけて頰の肉も落ちているのに、活気に満ちているように見える。

時政がうなずくと、玄艶は一礼して戸を閉じた。

「ものすごい勢いで書きはじめたけれど、大丈夫かな」

出てきたさよが不安げな表情で語るなか、時政老人は手を振って自分の長屋に戻っていった。


それ以来、玄艶の仕事は変わった。迷いがなくなり、手が早くなった。出来も目に見えてよくなり、あれほど悩んでいた下絵は、その日の夜にはできあがっていた。

宗左衛門に許可をもらって本番にかかると、これもまた凄まじい速さで描いていく。

出来はとんでもなくよい。迷っていたときとはくらべものにならないほどで、約束の五枚が仕上がるまで、さして時はかからないように思われた。

七

四人の男が現れたのは、木戸が閉まる寸前だった。周囲は闇《やみ》に包まれており、わずかな提灯《ちょうちん》の輝きだけが路地を照らしている。

右京は立ちあがり、彼らの前に出た。

気配を消していたこともあって、相手が気づいたのは彼が目の前に立ったときだった。

ぎょっと言いたげな表情をしたのは、三左だ。

雄三ですら目を丸くしている。

「来たね。そろそろだと思っていたよ」

右京は笑った。

「玄艶さんが絵師として認められたら、それで終わりだからね。手を打つならば仕事が終わる前だと思っていたよ」

「どきな。あいつは許せねえ。俺たちの金をかすめ取ったんだぞ」

「よく言う。その金だって、どこぞの書肆を脅して搾《しぼ》り取ったものだろう。私が知らないとでも思っているのかね」

右京は懐から、細千を取りだす。

「あんたらが、玄艶さんにこだわっているわけがわかったよ。あぶな絵や偽物の絵を描かせるだけじゃ飽き足らなくなって、自分の手足になる絵師を作ろうとしていたのだろう。版元を脅して本を作り、その賃銭を横から奪い取るためにね。あれだけ絵がうまいんだから、すぐに挿絵画家としては名が知られるようになるだろう。それなりに金は取れる」

風が吹いて、彼らの間に冷えた空気が流れる。

「そのあとであぶな絵を描かせれば、さらに大儲けだ。なんでもやりたい放題さ。見事なぐらい、欲の皮が突っ張っているね、あんたらは」

右京は、隠密時代の伝手《つて》を使って、雄三の行状を調べあげた。

かつて、彼らは博打《ばくち》がらみで、版元のひとつをさんざん脅した。金を搾り取ったあげく、版木師や摺師《すりし》も巻きこんで嘘だらけの本を作り、それを使って日本橋の大店を強請《ゆす》った。

その本にはいかがわしい挿絵が多数、入っていて、いかにも大店が悪事を働いているように見せていた。あまりのことにその店の娘が自死したが、それでも雄三たちはその大店にまとわりついて、金を搾り取り、八幡さまの門前町でさんざんに遊んだ。

話を聞いて、右京は怒りがこみあげてきた。自分も人に言えないことはたくさんしてきたが、望んで人の道を外したことはなかった。

「外道《げどう》は許せないねえ」

「よけいなお世話だ。殺すぞ」

「ああ、もう黙っておくれよ。ようやく皆、寝静まったんだ。明日の仕事に差しさわりが出るようだと、差配としては困るんだよ」

雄三は目をつりあげると、ためらうことなく長脇差を抜いた。

上段からの斬撃《ざんげき》が迫る。

右京はみずから前に出て、それをかわすと、細千を雄三の首筋に巻きつけた。

一瞬で締めあげて失神に追いこむと、崩れ落ちる身体を三左にぶつける。

彼の身体がよろめいたところで、ぴゅんと跳躍し、背後にまわりこむ。後ろにまわりこむのと、細千で首を締めあげるのは、ほぼ同時だった。

残りのふたりはなにが起きたかわからず、左右を見まわすだけだった。

ようやく長脇差に手をかけたところで、右京が指弾を放つ。

額を叩かれて、ふたりは気を失い、その場に崩れ落ちた。

右京は、死神と呼ばれた伝説の殺し屋だ。ならず者ごときに、その動きが見切れるはずがなかった。

すぐに右京は四人の身体をひきずって、自分の長屋に放りこんだ。

戸が開いたのは、作業が終わってひと息ついたところだった。

玄艶だった。右京がいることに驚いたようだったが、すぐに駆け寄ってきた。

「できたぞ。これだ。これが俺の絵だ」

玄艶は紙を開いて、右京に見せる。

弱い明かりに照らされた絵は、輪郭《りんかく》がぼやけてよくわからなかったが、それでも人の目を惹《ひ》きつける色気があった。いままでの玄艶にはなかった味だ。

「そうかい。よかった。よかったねえ」

右京が肩を叩くと、玄艶は声を出さずに静かに泣いた。

こみあげる思いをおさえきれずにいる絵師の姿を、長屋の差配はただ静かに見守っていた。

八

十日後、玄艶はしあわせ長屋から出ていった。仕事場が見つかって、急ぎ移ることが決まったのである。

しあわせ長屋の住人は、そろって彼を見送った。

玄艶がおのれの振る舞いを詫びたこともあり、彼を仲間として受け入れたのである。さよはもっと話を聞かせてほしかったと泣きながら語ったし、あのうめも特大の握り飯を作って、彼に持たせた。

玄艶は何度も振り返り、頭をさげながら大通りに消えていった。

「行っちまったな」

声をかけたのは、白髪の時政老人である。彼もまた玄艶を見送っていた。

「うまくやっていけるといいがな」

「なんとかなるでしょう。ひとりは寂しいですが、いまの玄艶さんには支えてくれる人もいます。立ち直ってくれると信じています」

「そうだな。腕はいいんだからな」

時政老人はつぶやくと、右京を見る。

「そういえば、ここに押しかけていたならず者。冬木町《ふゆきちよう》の空き地で死んでいたそうじゃないか。仲間内で争っての相討ちとか。仲がよさそうだったのに、どうしてそんなことになっちまったのかねえ」

「おおかた、上前《うわまえ》の取り分で揉めたんじゃないですか。やくざ者なんて、そんなものですよ」

右京はとぼけて笑った。手間は割いたが、始末をつけるまで、さして時は要さなかった。塵《ごみ》の片付けと同じだ。

時政が笑った。どこか冷たい笑みで、心を見透かされたように感じた。

「悪いが、俺もここを出ていくぜ。いろいろと世話になった」

「残念です。寂しくなりますね」

「これは礼だよ。つまらねえものだがな」

時政は右京に紙を押しつけると、表通りに姿を消した。

右京が紙を開くと、墨で書かれた人物画があった。男で、右手を懐に隠しながら、ゆっくりと歩いている姿だった。

「これは……私か」

なかなかにうまい。まさか時政老人が絵師だとは思わなかった。宗左衛門だ。

長屋に戻ろうとしたところで、明るい声が響いてきた。

「ああ、これは右京さん。玄艶殿は」

「いま、出ていきましたよ。ちょうど梅華堂に向かったところで」

「ああ、入れ違いになりましたか。これは残念」

宗左衛門はそこで、右京が手にしていた絵に目を向けた。わずかに表情が変わる。

「それは?」

「ああ、いただきものでしてね。私を描いてくださったようで」

「ちょっと見せていただけますか」

宗左衛門は食い入るように絵を見つめた。

瞳の輝きは異様で、さすがに右京も気になった。

「どうなさったんですか」

「こ、これ……北斎ですよ。本物です」

「え、まさか」

「ここに号が入っていますし、なによりもこの筆遣い、間違いありません。信じられない。ここのところ調子が悪いとかで、まったく描いていなかったのに」

宗左衛門の話で、右京はすべてを察した。

そうか。あの老人が。

これはおもしろい。まさか本物が足元にいようとは。

玄艶も、さぞや驚いただろう。

右京が笑いだすと、宗左衛門は首をひねった。なにか問いたげだ。

「いやあ、この世は驚きと不条理でできておりますな。来てください。蕎麦でも食いながら話をしましょう」

右京は、馴染みの蕎麦屋に宗左衛門を誘った。

その頭上から、初夏の日射しが降りそそぐ。

江戸の町には、いよいよ夏が訪れようとしていた。

第三話　老婆といかさま師

一

右京が人混みを避けて歩いていると、若い男が声をかけてきた。

三か月前にしあわせ長屋に入った弥次郎《やじろう》で、縞《しま》の着流しに茶の小倉帯《こくらおび》というでたちがよく似合っている。床屋に行ってきたのか、髷《まげ》はきれいに整っていた。

優男《やさおとこ》で、どこか崩れている雰囲気を漂わせているせいか、遊び人にしか見えない。本人もそのあたりをよく自覚しているのか、話しかけてくるときの口調は、いかにも軽かった。

「やあ、差配さん。こんなところで会うとは奇遇だね」

「おう、さっぱりしたね。いい男になったじゃないか」

「そうなんですよ。ここのところ手を抜いていたら、襟首《えりくび》のところがむずむずしちまいましてね。ようやく馴染《なじ》みに顔を出してきたところですよ」

弥次郎は笑った。屈託《くったく》のない表情で、子どものようである。

「それで、差配さん、ちょっといい話があるんだけど、聞いてくれませんか」

「おや、なんだい」

「せっかくなんで、そこの甘い物屋にでも」

「いや、私は甘い物は苦手でね。そっちの茶屋でいいよ」

ふたりが話をしているのは富岡八幡の門前で、例によって参拝客であふれていた。立ち話をしているだけで、人が飛んできてぶつかりそうだったので、ふたりは境内《けいだい》にほど近い茶屋に入った。

「いい儲《もう》け話があるんですよ」

弥次郎が話しかけてきたのは、甘酒を頼んでからだった。わざわざ顔を寄せて、ささやくように語るところが役者めいている。

「先だって、この八幡さまの裏手に、蕎麦屋《そばや》ができましたよね。知ってますか」

「もちろん。観月庵《かんげつあん》だろう。木場の昇月庵《しょうげつあん》から暖簾《のれん》分けしてもらった。職人が達者で、蕎麦の味もかなりよいと聞いている。さっそく行列ができているみたいで、この先が楽しみだね」

「さすがに、蕎麦好きの右京さん。よくご存じですね」

　弥次郎は、ぽんと手を叩いた。

「じつは、その店の主が手前と知りあいでしてね。昨日、顔を合わせたのですが、さんざんに自慢話をされましたよ。儲かってしかたないと。あのあたりの蕎麦屋をまとめて潰《つぶ》してやる、なんて豪語したのは驚きました。まあ、それだけ人が来ているってことなんでしょうけれど」

「ほう。景気のいい話だねえ」

「それで、早くも別の場所に移りたいようなんですよ。あそこじゃ手狭ですからね。一年を目処《めど》に考えているようですが、あっしの見立てだと、三月《みつき》は早まるんじゃないかと思っています。金も集まっているようですし」

「それは、いい話だねえ」

「だったら、乗ってみませんか。差配さん」

　弥次郎は、何度もうなずきながら語りかける。

「二両、出してくれれば、貸し手のひとりになれますぜ。いや、観月庵が儲かることはわかりきっています。ここでしっかり金を突っこんでおけば、三年……いや一年で倍になって返ってきますよ。話を聞いた大店の皆さんも、大乗り気でして」

弥次郎は懐《ふところ》から書付を取りだして、右京に見せた。

深川を代表する店の名前が、ずらりと並んでいる。会席即席の武蔵金治郎《むさしきんじろう》の名前があったのには驚いた。

「ここに名前が載るんですよ」

「すごいねえ」

「自分が偉くなったような気がするでしょう」

「まったくだ」

「だったら、ひと口、いきましょう」

「そうだねえ」

右京は甘酒をすすった。

風に乗って、潮《しお》の香りが漂う。

富岡八幡は海に近く、初夏の季節、南からの風が吹けば、海の気配を強く感じられる。

彼方まで広がる江戸の海を思いながら甘酒を飲む。

それを右京は好んでいた。

「悪くないねえ。儲かるのならば」

「間違いなく、いけますって。差配さんだからこそ話をしたんです。もう残りはほとんどありませんから、やるならばいましかありませんぜ」

「まあ、待ちなさいよ。ここはじっくりいきたいね」

「でも、急がないと」

「いいから」

右京は湯飲みを置いた。

「金を出す前に、ちょっと聞きたいんだが、その店の主《あるじ》、名前は吉兵衛《きちべえ》さんとか言ったかね。生まれはたしか駿河だったね」

「はい。手前と同じ駿府で。十ばかり向こうが年上なんですが、子どものころは、よく面倒をみてもらいました」

「ほう。なるほどね」

右京は一気に甘酒を飲みほした。

「じつは、その吉兵衛さんとは、昇月庵でよく一緒に蕎麦を食った仲でね。たまに碁《ご》を打ちにいったりしているんだよ。そのとき聞いたところによると、駿河にいたのは三歳までで、そのあとは信濃《しなの》に移り住んだとか。小諸《こもろ》で商売をはじめてうまくいったから江戸に出てきたって聞いたけれど、そのあたりはどうなんだろうねえ」

弥次郎は口をつぐんだ。表情が大きくゆがむ。

「この間、顔を合わせたときも、ようやく作りあげた店なんで、しっかり守っていきたいって言っていたよ。手堅い考え方をする人だからね、ちょっとうまくいっただけで店を移そうなんて、考えはしないよ」

右京は笑った。

「いかさまにしては、考え足らずではないかね、弥次郎。私が蕎麦好きと知っているなら、店の者と付き合いがあることには気づくだろうに。もう少しうまくやってくれないと引っかからないよ」

弥次郎は顔が赤くなる。口は動くが、言葉は出てこない。

彼は、江戸にはびこるいかさま師のひとりだった。言葉巧みに嘘《うそ》を並べ、本当に儲け話が転がっているかのように思わせて、金を騙《だま》し取る。

しばらくは関八州《かんはっしゅう》をまわっていたが、半年ぐらい前から江戸に戻って、仕事をはじめていた。

その旨《むね》が、しあわせ長屋に入ってきたときの覚え書きに記されており、右京は気をつけていた。

「差配を騙すとは驚きだ。この先、住みにくくなるとは思わなかったのかい」

「知ったことか。くそっ。知ってて話に乗ったふりするなんて、質《たち》が悪いや」

弥次郎は口汚《くちぎたな》く罵《ののし》った。

「もしかしたら、あんた同業かい」

「単なる町の隠居だよ。ちょっと知恵がまわるだけの」

右京はすっと立ちあがる。

「行きな。勘定は払っておいてやる。その代わり、くれぐれも長屋の連中には手を出すなよ」

「ちんけな金で、つまんねえ約束させるなよ。じゃあな」

弥次郎は大股《おおまた》で立ち去った。金を払わなかったのは、いかさま師の本能か。

面倒だが、おもしろい奴だ。

右京は小さく笑って、勘定を払うために茶屋の娘を呼んだ。

二

「へえ、なんとも、ひどい話ですね」

学者はさかんに首を振りながら語った。

「孟子《もうし》にありますね。国中、遍《あまね》くするも、与に立ちて談る者もなし。卒《つい》に東郭播場の祭る者に之きて、其の余りを乞う。足らず、又、顧して他に之く。此れ、そのあきたることをなせる道なりと……たらふく食らった夫がどこで食べているのか不審に思って調べてみると、墓場をまわって漁《あさ》っていたという話。どうやら、浅ましい者は、どこにでもいるようで」

「これは、なかなか手厳しい。まあ、浜の真砂《まさご》は尽きるとも、世に盗人《ぬすびと》の種は尽きまじと申しますからな。盗人《ぬすっと》やいかさま師は、どこにでも隠れているものでございましょう」

右京の言葉に、学者は驚いたようだった。

「ずいぶんと寛容ですな。いかさま師がいてもよいと」

「そうは申しませんが、すべての罪人を消すことはできません。いつの世にも後ろ暗いことをやっている者はいるもので、それが意外に近くにいても、なんらおかしくないと申しているのです」

「それにしても、差配さんを引っかけようとするとは」

「まあ、その度胸には驚きました。住みにくくなるとは思わないんですかね」

ふたりは富岡橋を渡って、黒江町《くろえちょう》に入った。

今日、右京は五人組の寄合で、中島町《なかじまちょう》の小料理屋に赴《おもむ》くことになっており、それに学者がついてくる格好になった。

彼は、井沢町《いざわちょう》の小間物屋駿河屋で講学を頼まれており、何回か孟子の話をすれば、蔵書を好きなだけ見せてくれるという話になっていた。出かけるとき、顔がほころんでいたのは、学問好きならではだろう。

つらつらと弥次郎の件を話したのは、天気がよかったからだ。おもしろがってくれると考えたのであるが、意外にも学者の怒りは本物だった。

「よくそんな人、受け入れましたね。家持さんは」

「どこかで話がついていたのでしょう。気をつけるよう言われましたがね」

「いかさま師ですよ。誰が騙されるかわかりません」

「そうですね。あの手の連中は、人を騙すのが大好きですから。息をするようにして嘘を吐いて、それを罪と思わない。厄介ですな」

「差配さんは、追いださないのですか」

学者に言われて、右京は静かに応じた。

「それは、ありません。長屋の住人を追いだすことは絶対にしません。しあわせ長屋は、そういうところなのです」

出入りの激しいしあわせ長屋だが、差配が店子《たなこ》を追いだすことはない。出ていくのは自分の意志で、右京はいままでその不文律を犯したことはなかったし、このあとも変えるつもりはなかった。

「そうですね。おっしゃるとおりです。よけいなことを言いました」

「私のほうでも気にかけておきますよ。だからといって、店子が騙されるのは避けねばなりませんからね」

ふと、そこで右京は足を止めた。

目の前を、見知った人物が通りすぎる。

弥次郎である。昨日とは違う縞を着て、悠々と堀沿いの道を歩いている。

もうひとりは細身の男で、こちらは見たことがなかった。派手な紋様《もんよう》の着物を着ており、頭は惣髪《そうはつ》だった。

学者も気づいたようで、視線を向けていた。

「あの男ですよね。もうひとりは誰でしょうね」

「筋のよい男ではなさそうですな」

「また、誰かを騙すつもりなのですかね。表店《おもてだな》の主とか」

「昨日の今日でそれはないと思われますが、見つけておいてこのまま、というわけにもいきませんな」

右京は学者に、寄合に行けなくなった旨の伝言を頼むと、ふたりの後ろにまわりこんで、同じ方向に歩きだした。

ふたりは右京たちが渡った富岡橋を逆に行くと、玄信寺《げんしんじ》の前の飯屋に入った。

派手な紋様の男が、小あがりに座って語りかける。その目は、蛇《へび》のような嫌らしい輝きを放っていた。

右京は少し離れた場所に腰かけた。客が多いので、身を隠すのは簡単だった。

「ふん、差配に見抜かれたか。手際が悪いな、おまえ」

「そんなことはないですよ、甚兵衛《じんべえ》さん。あいつは、こっちの手のうちを見透かしていました。堅気じゃないですよ」

「そうは言ってもなあ。見込み違いだったかあ」

「もしかしたら同業かもしれません。やりにくくてしかたないんで、ちょっと身元を探っちゃもらえませんかね」

弥次郎のぼやきに、甚兵衛と呼ばれた男は笑って応じた。

「わかった、やってやるよ。まあ、あの長屋には、俺たちも因縁《いんねん》があるからな」

「あそこ、狐組がかかわっているんですか」

「それは、おいおい話すよ。それよりどうなんだ。騙す相手は決まったのかよ」

「そりゃあ、もう。あの長屋はお人好しばかりですから。引っかける相手は、よりどりみどりですよ」

弥次郎は声をひそめた。

飯屋には人が多く、並の者ならば話を聞きとることはできないであろうが、右京は、隠密の仕事で盗み聞きの技を仕込まれている。

彼らの声は、誰もいない舞台でしゃべっているかのように聞こえた。

「狙《ねら》っているのが、二軒隣の婆《ばばあ》ですよ。柳の木の枝みたいに細い女でね、連れあいに先立たれて、ひとりで暮らしているんですよ。よっぽど暇《ひま》なのか、始終、町をうろうろしていますぜ。まったく、あんなので大丈夫なんだか」

「金は持っているのか」

「もちろん。飯は自分で仕度せず、毎度、近くの飯屋から届けさせていますから。着物もいい仕立てですし、ありゃあ、よっぽど貯めこんでいますぜ」

二軒隣というと、やまであろう。半年前に長屋に越してきた。たしかに表向きはひとり暮らしで、金を貯めこんでいるように見える。

右京は横目で、弥次郎を見た。

声をひそめ、顔を寄せて思わせぶりに語る姿は、本人にしてみれば気取っているつもりなのだろうが、童顔《どうがん》もあってどこか間が抜けているように見える。子どもが親に必死に話しかけているようで、熟練のいかさま師には見えない。

「うまくかすめ取って見せますよ」

右京は腰を浮かせた。さすがに、あの老婆《ろうば》に絡んでもらっては困る。ここはしっかり、警句を出すつもりだった。

それをやめたのは、続く弥次郎の言葉が響いてきたからだ。

「まあ、全部をいただくつもりはないですよ。必死になって残した金だから、楽に生きる程度は、持っていてもいいかと。あまった分はしっかりいただくということで」

「あいかわらず甘ちゃんだな」

甚兵衛は目を細めた。

「そんなことだから、仲間に騙されて、金を盗られたりするんだよ。骨の髄《ずい》までしゃぶって高笑いしてこそ、本物のいかさま師だろうが。俺は女の十人や二十人は泣かせてきたぜ」

「そりゃ、甚兵衛さんみたいにはいきませんけど、あっしだって江戸で名を売るためにでてきたんですからね。しっかりやってみせますよ。次には、仲間から搾《しぼ》り取ってみせますぜ」

「いい心がけだ。なら前祝いに一杯やろう。おい」

店の女に声をかけると、甚兵衛は酒を頼んだ。弥次郎は笑って頭をさげる。

なにやら、おかしなことになってきた。店子に手を出すのならば力尽くでも止めようと思ったが、しばらく様子を見てもよさそうだ。

そもそも、やまを狙うところからして、弥次郎の人を見る目は……。

右京は飯を食べ終えると、勘定を払って店を出た。

三

「やまさん、いるかい」

長屋に戻ると、右京は引き戸の前に立って声をかけた。

「私だよ。右京だよ。いないのかい」

「いるよ。ちょっと待っておくれ」

うめだったら勝手に開けてしまうぐらいの間を置いて、ようやく引き戸が動いた。白髪で丸い顔の老婆が顔を見せる。

「あら、差配さん。お元気そうでなにより」

「やまさんもね。あがっていいかい」

「もちろんだよ。さあ、どうぞ」

ほがらかな声に引かれるようにして、右京は中に入る。草履《ぞうり》は脱がず、板間に腰かけて、やまを見た。

桜の紋様を散らした薄柿色《うすがきいろ》の着物は、老人にはいささか派手だが、それが似合ってしまうところに、やまの魅力がある。年を取っても不思議なほどかわいらしく、笑顔は童女のようだ。

真っ白な髪も、彼女のやわらかい美しさを引きだしていた。

「いやあ、やまさん、いつ見てもきれいだね」

「あら、嬉《うれ》しい。はい、これ、御礼……」

やまがおひねりを渡そうとしたので、あわてて右京は止めた。

「だめだよ、そうやって、おあしをばらまいては。うめからも言われただろう。

迂闊《うかつ》にお金を見せるとつけこまれるって」

「そうかしら。でも、あたしにできる御礼は、これぐらいだから」

「無理して出さなくてもいいのさ。やまさんぐらいの年になれば、普通に生きて、普通に笑っているだけでも十分なものさ」

「そうかしらねえ」

やまは笑った。ほがらかな表情で、見ているだけで嬉しくなる。

「それで、ちょっと聞きたいんだけどね」

右京は、変わったことはなかったかを尋ねた。すでに弥次郎が動いているのならば、そのあたりは確かめておきたかった。

やまは、あちこちに話を飛ばしながら、みずからの身辺について語った。

長い話であったが、不思議と苦にならず、右京は何度も笑い、ときには突っこみを入れながら聞いていた。

「たまに話をするけれど、弥次郎さん、いい人よ。この間なんか、八幡さままでお参りにいくのについてきてくれて。途中、人にぶつかって倒れそうになったら、助けてくれたの。最後は手を引いて、長屋まで連れてきてくれたわ」

「そうかい」

「今朝も、わざわざ様子を見にきてくれてね。私がもたもたしていたら、うめさんのところに走って、握り飯を買ってきてくれたの。寂しいから一緒に食べようって言ったら、付き合ってくれて。嬉しかったわ」

すっかりやまは、弥次郎に気を許しているらしい。懐に入る手際は見事だが、それでも思いのほか手間をかけているとも言える。

「あの人はいい人よ」

「そうだねえ。だが、外面如菩薩内心如夜叉《げめんにょぼさつないしんにょやしゃ》とも言うからねえ。ただでさえ、やまさんには妙な癖《くせ》があるんだから、気をつけておくれよ」

「ありがとう。本当に右京さんは、いい差配ねえ」

笑顔を向けられて、右京は照れ笑いしながら長屋を立ち去った。自分の部屋に戻ろうしたところで、弥次郎が戻ってくるのが見えた。

様子をうかがっていると、弥次郎はやまの長屋の前に立ち、ひとつ呼吸を置いて戸を叩いた。

「やまさん、いるかい」

「ああ、右京さん。なにか忘れ物かい」

「違うよ。弥次郎だよ。まったく、いつまで経っても覚えねえなあ」

「ああ、すまない。弥次郎さん。どうぞ入っておくれ」

「邪魔するよ」

さっと鬢《びん》を撫でながら、弥次郎は長屋に入っていく。

右京は隠形《おんぎょう》の技を用《もち》いて、長屋の戸に貼りつく。

気配を完全に断ちきっているので、すぐ近くを人が通っても見つかることはない。風景の一部として目に入ってくるだけだ。

弥次郎は穏やかな口調で話しかけていた。

たわいもない話で、ときおり、やまの笑い声が響く。噺家《はなしか》になったほうがよいのではと思える、口のうまさだった。

「それでさ、やまさん。ちょっと相談に乗ってほしいんだよ」

弥次郎は不意に声をひそめた。

「なんだい、なにかあったのかい」

「いや、じつは、ちょっと困ったことになっちまってよ。金がすぐに必要なんだよ」

長くなった弥次郎の語りを、右京は無言で聞いていた。

四

翌日、弥次郎が長屋を出ると、右京はそのあとをつけた。

何度か振り向いたものの、本気でつけられているとは思っていないようで、途中から道を行く女に声をかける始末だった。

仙台堀に沿って東へ進み、三十三間堂のあたりで左に曲がって、南に向かう。途中、茶屋で甘酒を飲み、店の娘をからかう。

大横川を渡って、入舟町《いりふねちょう》に入ったところで、弥次郎は左右を見まわし、かたわらの小間物屋に入った。

店から出てくるまでは、長い時間がかかった。暇をもてあました右京が、近所の子どもと駒《こま》まわしで戯《たわむ》れ、遊んでくれた礼に母親から手製の団子《だんご》をもらう間も、姿を見せることはなかった。

裏口から消えてしまったのかと思いはじめたころ、ようやく弥次郎は姿を見せた。引き返して右京のほうへ向かってきたので、あわてて姿を隠す。

弥次郎は、右京とすれ違って、川に沿って北へ向かう。

気配が変わったのは、松本大膳《まつもとだいぜん》の屋敷が目の前に見えてきたところだった。

行く手に、ふたりの男が立ちはだかった。ひとりは牡丹《ぼたん》をまぶした小紋《こもん》を着ており、もうひとりも、大きな裾《すそ》模様を施《ほどこ》した小袖《こそで》という格好だった。

目つきの悪さは、さながら野犬のようで、気に入らなければ、敵でも味方でも容赦なく嚙《か》みつきそうだ。

「おう、弥次郎。ひさしぶりだな」

「これは、森《もり》の旦那《だんな》。ご無沙汰《ぶさた》しております」

「近頃、お見限りだったじゃねえか。どうしていた？」

森と呼ばれた男が、弥次郎に歩み寄った。かすれた声で凄《すご》むと、凄《すさ》まじい迫力だ。

不穏《ふおん》な気配を察して、まわりの町民がさっと逃げる。子どもの手を引いて、その場をさっさと離れる女もいた。

「ちょっと深谷《ふかや》のほうへ行ってまして。帰ってきたのは、つい最近で」

「ほう、そうかい。三月《みつき》ばかり前、おめえさんを見たって子分がいるんだがな。挨拶《あいさつ》に来ると思っていたら、とんとご無沙汰で、さてどうしたものかと思っていたのよ。そろそろ、金も返してもらわねえとな」

森はいきなり弥次郎の頰《ほお》を張り飛ばした。ついで腹を殴る。

うっとうめいて、弥次郎は腹を押さえる。

「どうなんでえ」

「あれは、ちょっと……もう少し時をくれませんか」

「そんなわけにはいかねえな。利息を加えると、もう五十両になる。そのまま ってわけにはいかねえんだよ」

「そこをなんとか」

「駄目だって言っているだろう」

今度は、もうひとりの男が、手にした棒で殴りつけてきた。

肩と足を容赦なく叩かれて、弥次郎はうめき声をあげる。

「今日は、とことん付き合ってもらう。返せねえって言うのなら、その命、いただくぜ」

「いや、待ってくださいよ。そんな。困りますよ」

「いいから来い」

森は襟首に手をかけ、弥次郎は懸命に抗《あらが》う。

右京は一瞬、迷ってから、周囲を見まわす。

近くの酒屋に、旅装束の男が三人かたまっていた。目つきの悪さからみて、流れ者の渡世人であろう。足袋《たび》がきれいなところからして、旅立つ直前であると見た。

右京は三人に近づき、軽く指弾《しだん》を放った。

ひとりが肩を押さえて左右を確かめた。もう一度、放つ。今度は、左の男が額を押さえた。

「なんだ、いったい、なんだ」

右京は指弾で巧みに三人を誘導し、森と弥次郎の争いが目に入るように仕向ける。

「なんだ、おまえら。俺たちになにかしたか」

三人が凄むと、森もすばやく応じた。

「知らねえよ。なんだ、因縁つけやがって」

弥次郎が放りだされるのを見て、右京は頭をさげて近づいた。

「逃げるよ」

「あ、あんたは……」

「殺されたいのか。さっさと行くよ」

「あ、おい、ちょっと待て」

背後の喧騒《けんそう》を無視して、ふたりは走って逃げた。大まわりして、平久川《へいきゅうがわ》を渡り、深川大和町《やまとちょう》に入る。

弥次郎は息を切らしていたが、右京は平然としていた。若造に負けるほど衰《おとろ》えてはいない。

「話は聞いたよ、情けないねえ」

右京は、いかさま師に話しかけた。

「つまんない相手に借金をこさえて、それで脅《おど》されるなんて、いかさま師の風上にもおけないね。ざまあねえな」

「うるさい。よけいなことしやがって」

「私だって助けたくはなかったさ。ただ、店子が困っているのを見過ごすわけにはいかなくてね」

弥次郎は右京を睨《にら》んだが、その眼光に力はなかった。

「少し休んでいくかい。こっちだよ」

右京は、弥次郎を近くの屋台に連れていった。

江戸では、昔から稲荷《いなり》に蕎麦をお供えする慣習がある。深川では冬木町の稲荷が有名で、『武江《ぶこう》年表』に「六月の頃より深川椀蔵大御番頭大久保豊州侯《おおくぼほうしゅうこう》下やしき稲荷社参詣群集す、詣《まい》る人蕎麦を供ふ、八月下旬にいたり詣人止む」との表記がある。

藪《やぶ》蕎麦が近いこともあり、時代がくだっても蕎麦切り稲荷には通の参拝客が訪れ、それを見越して腕に覚えのある屋台が店を出していた。

右京が連れていったのもそのひとつで、蕎麦好きの間では有名だった。

「まずは食べな。ここの更科《さらしな》は絶品だから」

無愛想な主がさっと蕎麦をあげ、縁台に並べる。

弥次郎は無造作にすすったが、たちまちその顔色が変わる。夢中になって食べ終えると、もう一枚、追加した。

「ふん。悪くねえな。これなら、また来てやってもいいな」

無愛想な物言いに、愛想のない店主は静かにざるを洗っていた。

「よく言うね。まあ、ここに来るときは、あんまり悪さをしないでおくれよ」

「知ったことか。そんなことより、どうしておまえ、あそこにいたんだよ。絡まれているところに出てくるなんて。都合がよすぎるだろう」

「そりゃあ、おまえさんのあとをつけていたからだよ。言っただろう。店子に悪さをされると困るって」

「そんなに間抜けじゃねえよ。ちゃんとばれないようにやるから心配するな」

「私に見抜かれるようじゃ、たいしたことはないね。いかさま師としてはいまひとつだから、足がつく前にやめたほうがいいよ。これは隠居からの忠告だ」

「爺《じじい》の戯言《ざれごと》に、誰が耳を貸すかよ」

「言ってくれるね」

右京は蕎麦を食べ終えると、弥次郎を見る。

「厚かましいついでに聞いておくよ。おまえさん、なんで、そんな生業《なりわい》に手を出したのさ。聞かせてごらんよ」

「話す義理はねえな」

「助けてやったんだ。その礼ぐらいしてくれても、いいんじゃないかね」

弥次郎は顔をそむけていたが、やがて小さく息を吐くと、店主に酒を頼んだ。ないと言われると、顔をゆがめて白湯《さゆ》を求めた。

「なんていうかな。なにをやってもうまくいかねえ奴っているだろう。おろしての着物で出かければ雨に打たれる。いい住み処にめぐりあったと思ったら、すぐに火事に遭う。ようやく飯にありつけたと思ったら、強欲な親が出てきて横から奪う……そんな感じよ。めぐりあわせが悪い奴って、世の中にはいくらでもいる。俺も、そのひとりさ」

弥次郎は、子どものころに売られるようにして奉公に出たが、そこでひどいいじめを受け、一年で飛びだした。

奉公先の手代は悪い奴らばかりで、店の金を普通にごまかしており、それが露見すると、弥次郎のせいにして罪から逃れた。主人もまた弥次郎を折檻《せっかん》することで、不満を晴らしており、それが何度も続いて耐えられなくなったわけだ。

しばらくは河原で暮らしていたが、そこで香具師《やし》の親分に拾われた。白鷹《はくたか》の権兵衛《ごんべえ》といい、北本所では一大勢力だった。彼のもとには、博打打《ばくちう》ち、盗人、質の悪い女衒《ぜげん》、遊女がそろっており、そこで弥次郎は、いかさまの仕事を教えこまれた。

「まああ、できる男だったんだぜ。十八のときには、江戸と上方を行き来するだけで、三百両もせしめたんだから。去年だって百両を手にしている」

「ふうん。どうやったんだい」

「それは教えるわけにはいかねえなあ。町方に告げ口されたら困る」

「そうかい。で、そんなおまえさんが、どうしてならず者に追われるようになったのさ。ありゃあ、仲間じゃないのかね」

「いろいろあったんだよ」

弥次郎は顔をしかめた。

「そもそもは、権兵衛親分が、子分に殺されたところからはじまった。取り分をめぐって、諍《いさか》いが絶えなかったから。いずれは殺《や》られると思っていたよ。で、しばらくは北本所の縄張りをめぐっての大乱戦よ。まあ、俺は面倒だから逃げたけれどな」

弥次郎は江戸を離れて、武蔵、上野《かずさ》、下野《しもつけ》の香具師を転々として、いくつかの仕事をした。大儲けすることもあったが、損をすることも多かった。

「やっぱり騙しあいをするなら、江戸ってことで戻ってきた。で、さっきの連中と一緒に働いていたんだが、なんだかこう汚えことばかりするんで、腹が立って逃げだしちまった……ああ、言わせてもらうが、俺はあいつらから金なんか借りてねえぞ。あれは手切れ金だ」

「汚いっていうのは？」

「弱い者ばかり狙って、金を巻きあげるんだよ。ときには脅してな」

「おまえさんだって同じだろう」

「違う。俺は油断している奴から、金を奪うんだ。いい気になった金持ちから、その大切にしているものを奪い取る。それが気持ちいいんだ。弱い奴を狙うなんて、いかさま師の風上にも置けねえや」

「そんなおまえさんが、やまさんに手を出すのかい。年寄りを狙うのは、流儀に反さないのかい」

「……知ってやがったのかよ。はしっこいな」

弥次郎は舌を打った。

「いいんだよ。あの婆さんには、なにかある。まともではないんだ。それを感じるから、手を出すんだよ。それでいい」

右京は、弥次郎の見立てに驚いた。人を見る目はそれなりにあるようで、これは考え方をあらためるべきかもしれない。

「ちっ、話をしすぎちまった。邪魔はするなよ」

「そうはいかないさ。やまさんも大事な店子だからね」

「だったら、気づかれねえようにうまくやるよ」

弥次郎は立ちあがり、屋台を離れた。右京もそれに続く。

なぜか、ふたりは寄り添うような格好で、しあわせ長屋まで戻ってきた。

「どうして、おめえみたいな爺と……」

彼の毒舌が止まったのは、長屋の前でやまを見かけたときだった。

見なれぬ若い男と話をしている。男が笑うと、つられてやまも笑みを浮かべており、楽しそうだ。

「誰だろう。どれ、ちょっと話を」

「待てよ」

弥次郎は右京の腕を引いて、長屋の陰《かげ》に隠れた。じっと男を見つめる。

「おい、ありゃあ、伝吉《でんきち》だぞ。いかさま師の」

「なんだって」

「蔵前《くらまえ》に根城《ねじろ》があって、いつもは浅草あたりで仕事をしている。荒っぽい手口で知られていて、あいつにかかったら、それこそ身ぐるみはがされて、塵《ちり》のひとつも残りはしねえ。どこから嗅《か》ぎつけてきやがったんだ」

「タレこんだ奴がいたのかねえ」

おおかた話を聞いた誰かが、伝吉に話を伝えたのだろう。

先だっての甚兵衛の話を聞いても、弥次郎があてにされていないことはあきらかで、横槍《よこやり》を入れてくる者が出てきてもおかしくない。

「憐《あわ》れだねえ」

「なにか言ったか」

「いいや、なにも」

「くそっ。あんな奴に獲物を取られてたまるか。おい、差配。あんたにも手を貸してもらうぞ。店子を守りたいだろう」

なにやら妙なことになってきた。

まさか、死神がいかさま師の片棒を担ぐとは。

右京はわざとらしく驚いた顔をして、弥次郎の話を聞いた。

五

右京が動いたのは、伝吉が姿を見せた三日後だった。

それまでは、弥次郎が張りついて見張っていたが、どうしても外せない用事があるからと、今日は右京がやまの見張りを担当することになった。

部屋で話し相手でもしてやれと言われたが、右京は自分なりの考えでやめて、その動きを見ていた。

やまが出かけたのは、午後になってからだ。身支度を調えると、文太やさよに挨拶して、長屋から出ていく。

目的地は、近所の玄信寺だ。世話になった者が葬《ほうむ》られているとかで、命日には墓参りに出かけている。

堀へ出ると、やまは托鉢《たくはつ》の僧に話しかけられ、しばらくその場でお経をあげてもらった。乞《こ》われるままに金を払って、頭をさげる。

少し行ったところで、今度、野菜売りに声をかけられて、大根を押しつけられた。あきらかに傷んだ品であったが、気にすることなく受け取り、またも金を払う。

物もらいに歩み寄ったのは、万年町の角を曲がったところだった。なにやらありがたそうに手を合わせて、目の前の皿に金を入れていく。

右京はため息をついて、やまに歩み寄った。

「今日も功徳《くどく》かい、やまさん」

「あら、差配さん。どうしたかね」

「長屋に戻ろうとしたら、見かけて声をかけた。いつも同じだね、やることは」

「お金のことかい。まあ、ばらまいているねえ」

「わかってやっているから質が悪い」

托鉢の僧にしても、野菜売りにしても断ろうと思えばできたはずだ。それをあえて拒《こば》まずに、金を払っている。弥次郎ではないが、いい獲物で、その気になればいくらでも巻きあげることができよう。

「いつものことだよ。気にしない、気にしない」

「そうだね。まあ、あんたのやることだからね」

右京は、やまと連れだって、玄信寺に向かう。

背後に、ねっとりした気配が漂う。

誰かがふたりを蛇のような視線で見つめていたが、右京は気づかぬふりをして、淡々と話しかける。

「やまさん、あんた、狙われているよ」

「わかっているよ」

「弥次郎だけじゃない。もうひとりいるよ」

「この間の男だろう。ありゃあ、弥次郎さんよりも黒いね。あんな目をされていたら、騙しにきているって嫌でもわかっちまう」

やまの返事も穏やかだった。初夏の日射しがふたりを照らす。

「どうしたものかねえ。いっそ騙されてみるのも、おもしろいかもしれないねえ。金があるからと言って、幸せになれるものでもなし」

「そうとも言えない。なけりゃ、大変な不幸が待っている」

「そうよねえ。私も苦労したよ。ただ、口はばったいことを言わせてもらえば、金があっても手に入るのはたいしたものじゃないんだよね。さんざん贅沢《ぜいたく》しても、あの世に持っていけるものでもなし。そこそこ食べられて、まあ、夜にうなされることなく眠ることができれば、それで十分だと思うよ。まあ、おかしくなるのは、自分の生き様を自慢したいと思うようになってからだねえ」

人より優《すぐ》れているところを見せたければ、目に見えるなにかが必要だ。着物であったり、骨董《こっとう》であったり、女であったり。見せびらかして、羨《うらや》んだ目で見られれば、自尊心は満足する。すごいですね、こんなもの見たことありませんよ、と言われれば、お世辞でも心地よい。

問題は、上には上がいるということで、どんなに優れた物をそろえて賞賛を求めたとしても、それよりもすばらしい物を持っている人間はいくらでもいる。にわかものの成りあがりが、本物の名家には勝てないようなもので、どんなに良品をそろえても、上がいると思えば、自尊心を満たすことはできなくなる。

最後は、大きくなりすぎた虚栄心《きょえいしん》に身も心も押し潰され、壊れてしまう。

「落ちこんだり、自棄《やけ》になったりした連中を、たくさん見てきた。こんなのみっともないと言いながら、百両で買った壺《つぼ》を打ち壊す人もいたよ。あれはひどかったね」

「結局、分相応がよいということですか」

「欲の皮が突っ張ると、生きるのがつらいんじゃないかねえ。もっとも、それを私が言うのもどうかと思うけれど」

やまは、玄信寺門前の物もらいに金を恵んだ。

「差配さん、いろいろ気を使ってくれてありがとうね。うまくやっていくよ」

「そうしておくれ。私のほうでも注意しておくよ」

「こんな婆を、どうこうすることもないと思うけれどね。それじゃあ」

やまは玄信寺に足を向けた。風に吹かれてよろめくと、若い夫婦がそれを支えてくれた。丁寧《ていねい》に頭をさげて、やまは本堂に赴く。

姿が見えなくなったところで、右京は寺の前を離れた。

やまは、弥次郎や伝吉の人となりを正しくつかんでおり、あれならば、うかと騙しの手口に乗るようなこともあるまい。

あとひと月もしないうちに、やまは長屋を出ていく。それまで気をつけていれば、大きな揉《も》め事にはつながらないはずだ。

右京は袖に手を突っこむと、橋を渡って、黒江町に入った。

その先に新しい蕎麦屋ができたということで、試しに食してみるつもりだった。

やまの心持ちがしっかりしていたこともあって、右京はすっかり安心していた。蕎麦屋の帰りに飲みにいったのも、いきなりなにかが動くことはないと確信していたからだ。

しかし、やまと話をした翌日の朝、激しく戸を叩かれた。寝ぼけ眼《まなこ》の右京が顔を出すと、真っ青な顔をした弥次郎が立っていた。

「どうしたんだい、朝っぱらから」

「大変だ、差配さん」

弥次郎の声は、ひどく弱かった。

「やまさんが……さらわれた」

六

長屋の者が総出で、やまを探したが、その姿を見つけることはできなかった。部屋にはもちろんいなかったし、近所を出歩いている気配もなかった。表通りの手代や番頭にも声をかけたが、誰も彼女を見ていなかった。

「いったい、どこに。昨日の夕方はいたのに」

さよの顔は、ひどく青かった。

「お墓参りから帰ってきたところで、おいしいご飯が食べられて、すごく嬉しかったって言っていた。お金をくれようとしたから、それは断ったんだけど、あまった大根をくれて。今日、味噌汁《みそしる》を持っていこうとしたら、もういなくて」

「朝、仕度をする前に、戸が開いていたんだよ。普段は閉めているのにおかしいなと思ったんだけど、忙しくてそのままにしちまった。あのときに、のぞいていれば……」

うめも顔をしかめた。大柄な身体が、ひどくしおれて見える。

文太と学者が心あたりを尋ねてくれたが、行方は杳《よう》として知れなかった。

右京はやむなく声をかけた。

「こうして顔をつきあわせていても、しかたがない。仕事に差し支える。ここは、私にまかせておくれ。なにかわかったら、知らせるから」

長屋の住民はなおも立ち去らずにいたが、繰り返して右京が仕事をするように言うと、ようやく散らばった。

残ったのは、右京と弥次郎だけである。

「迂闊だった。まさか、こんなに早く動いてくるとは」

弥次郎は顔をしかめた。

右京も同じ気持ちだ。狙われているとわかっていたのに、みすみすやまをさらわれてしまった。まさか、いきなり荒事《あらごと》に及ぶとは思わず、飲んで帰ってきた自分を叱《しか》りつけてやりたい。

「それで、相手の見当はついているのかい」

「例の伝吉に違いねえよ。俺がこの長屋にいることを知っていたんだろう。だから、よけいな騒ぎになる前に、さっさとかっさらった。くそっ。昨日の夜、長屋をのぞいていれば……」

「儲け話でも持っていくつもりだったのかい」

「違うよ。これを渡そうと思ってな」

弥次郎は懐から簪《かんざし》を出した。

銀細工の手のこんだ代物で、装飾には珊瑚《さんご》が使われている。見ただけで、値打ちものとわかる。

「昨日、小間物屋で買ったんだよ。やまさんにあげようと思ってな」

「呆《あき》れたね。いかさま師が、騙す相手に物をあげてどうするんだよ」

「はじめは信用させようと思って用意したんだよ。職人に頼んで、珊瑚を使ってもらってな。でもよう、こう話をしているうちに、ほだされてさ。ただであげてもいいやって気持ちになったんだよ」

弥次郎は、母親の記憶がまったくない。母は物心つく前に家から飛びだしていて、面影《おもかげ》すら知らないとのことだった。

「やまさんと話しているうちに、かあちゃんってのはこんなものかと思ってさ。ずいぶんと甘えていたんだ。一度もできなかった親孝行ってものを、ここでするのもいいんじゃねえかと思ってね」

「まあ、やっていることは悪くないけれどね」

右京は正面から弥次郎を見た。

「はっきり言うけど、あんた、いかさま師に向いてないよ。人がよすぎる」

「わかっているよ。何度かそれで痛い目に遭ったし、親分にもさんざん叱られたよ。うまくやってきたとは思うが、正直、このあたりが潮時かなと」

弥次郎は空を見あげた。

頭上に広がるのは夏の青空で、雲は、東の彼方に貼りついているだけだ。

白い輝きが、江戸の町に濃い陰影を刻みこむ。

風に乗って流れてくるのは木々の香りで、瑞々《みずみず》しい若葉があちこちで芽吹いて、彼らに命の息吹を届けてくれる。

季節は大きく変わろうとしている。それは、人の定めも変えるのか。

右京が見やると、若いいかさま師は硬い表情のまま口を開いた。

「だが、いまは、やまさんを助けるのが、だいいちだ。まだ命はあるだろうが、時をかけちゃいられねえ。早々に手を打たねえと」

「まずは手がかりだね。町方に調べてもらうか」

「そんなのじゃ間に合わねえよ。蛇《じゃ》の道は蛇よ。ここはまかせてもらおうか」

ようやく弥次郎は笑い、懐から矢立《やたて》を取りだした。


弥次郎は右京も驚くほどの手際で、やまの探索を押しすすめた。

まずは偽《にせ》の手紙を仕立て、近所の小僧《こぞう》を使って、伝吉との接触を試みた。送り主は、伝吉の親分である蔵前の諸蔵《もろぞう》とし、彼の仕事の進み具合を荒々しい筆致で尋ねた。

「俺は、昔から人の筆跡を真似るのがうまかったんだよ。一度、見れば、跳ねまで同じにできる。さんざん、それで騙したさ」

その場で弥次郎は右京の真似をして、金を無心する手紙を仕立てあげた。筆致は完璧《かんぺき》で、文章も巧みであったから、手紙を見た者は内容をそのまま信じる。

手紙を使って伝吉の動きを探る一方で、甚兵衛と会って、伝吉がやまに絡んでいることを語った。おおげさにそのやり方を告げ、さも蔵前の諸蔵が攻めこんでいるかのように思わせた。

たちまち甚兵衛は激昂《げっこう》し、諸蔵の動きを探るべく子分に声をかけた。

二十を越える子分が蔵前に向かい、翌日には、伝吉の動きはもちろん、諸蔵一家が深川に張った網《あみ》の目がどのようなものかを把握《はあく》していた。

右京は、感心した。本業の隠密でも、これほどうまくいくかどうか。

深川に住んでいるという利点はあるにせよ、弥次郎の手際は見事としか言いようがない。

彼の本分はいかさま師ではなく、百人、二百人を騙して大きな物事を為《な》す興行師に近い。手紙とわずかなあおり文句だけで、たちまち結果を出しているのだから、たいしたものである
伝吉の住み処は、三日目にわかった。横川を渡って、深川石島町《いしじまちょう》の先にある屋敷に住み着いていた。彼は偽の手紙にわざわざ返事を寄越して、やまから金を奪い取るための算段を立てている、と記していた。

弥次郎と右京は即座に動いた。やるべきことは決まっていた。

七

「いいか、おまえさんは、そこに隠れていろよ。俺が火をつけたら、火事だと叫べばいい。そのあとはすっ飛んで逃げろ」

弥次郎の言葉に、右京はうなずいた。

「本当だったら、もっと役に立つ奴を連れてきたかったんだが、ほかに人はいねえ。おめえにまかせるから、足は引っぱらないようにしてくれよ」

「わかっているよ。それでやまさんが救えるならね」

「もちろんだ。まかせておけ」

弥次郎は自信満々にうなずいた。

視線の先には、小さな寮がある。

大島町《おおしまちょう》の樽《たる》問屋三国屋《みくにや》の主人が建てたが、御家騒動があって、主人は追いだされてしまい、寮も売りに出されてしまった。その後、持ち主がたびたび変わり、いまでは蔵前の小料理屋、沢平《さわへい》が持ち主となっている。

もちろん、それは表向きで、諸蔵とその一味の住み処として使われている。

「さらわれてから、ずいぶん経っている。怖い思いをしているだろう」

「そうだね。早く助けないと」

「焦《あせ》るなよ。おまえさんは素人《しろうと》なんだ。よけいなことをされて、足を引っぱられるのが、いちばん困るんだからな。俺の言うようにやってくれよ」

弥次郎はそれだけ言うと、生け垣を越えて寮の壁《かべ》に取りついた。

傾いた日射しが、小さな建物とその周辺に息づく木々を照らし、朱色《しゆいろ》の情景が眼前に広がる。

寮は静寂《せいじゃく》に包まれていた。雨戸は閉ざされており、一刻前から張りついているが、訪ねてくる者も出かける者もいなかった。

間もなく日が暮れる。できることならば夜になって、相手が寝静まってから仕掛けたいところであったが、やまのことを考えると、時をかけている余裕はない。弥次郎が焦っていることもあって、日没と同時に仕掛けることになっていた。

右京は、指弾用の小さな鉄の玉を撫でた。万が一に備えて、今日は両方の袖に二十ずつ用意している。

弥次郎は寮の裏手にまわって、火をつけた。

たちまち煙があがる。

「火事だ！」

右京が声を張りあげると、雨戸が開いて、ならず者が飛びだしてきた。

三人で、そのうちのふたりが裏手にまわる。

右京は弥次郎の言葉を無視して寮に近づくと、指弾を放った。敵が倒れたのを見て、生け垣を越えて縁側にまわる。

裏手から声があがり、争う気配がする。

右京は、伝吉の姿が見えないのが気になった。飛びだしてきたのは子分だけで、彼は寮にひそんだままだ。

住み処を攻められたら外に出ず、奥に入って迎え撃つのが戦《いくさ》の常道だ。

火事が罠《わな》であると見抜いていれば、当然、守りを固めている。

一瞬で判断をくだすと、右京は縁側からあがりこんだ。

部屋は二部屋で、襖《ふすま》で仕切られている。見えない向こう側から、わずかに気配を感じる。

右京は頭をさげて襖に手をかけ、あえて勢いよく開ける。

三人の視線がいっせいに彼に向く。中央で長脇差《ながわきざし》を持っているのが、伝吉だ。

「なんだ、てめえ」

右の男が攻めてきたので、右京は指弾を放って、その額を打ち砕く。

ぎゃっと悲鳴をあげて倒れたところで、今度は左の男に近づき、その背後にまわりこむ。

右京は、流水のごとき手際で細千を首にかけると、一気に締めあげて倒す。

残ったのは伝吉だけだ。闇夜《やみよ》でも血走った目が、はっきりとわかる。

「何者だ。弥次郎の仲間か」

「長屋の差配だよ。そこいらにごろごろいる、ね」

「なんだと！」

「店子を返しにもらいにきた。大事な人なんでね。持っていかれるわけにはいかないんだよ」

「うるせえ」

伝吉は長脇差を振りあげて、間合いを詰める。

その太刀筋が突如として変わったのは、右京が右に跳んだときだった。いきなり刀がさがって、強烈な突きが放たれる。

閃光《せんこう》のような一撃に、右京は不意を突かれた。

それでもかわすことができたのは、隠密時代の経験からだった。

奇妙な太刀筋の敵とは、何度も戦ったことがある。動きがまったく読めず、負けを覚悟させられ、捨て身で放った一撃でかろうじて命を救ったこともあった。

切っ先が鬢をわずかにかすめたところで、右京はその右手に細千をかける。

強烈に締めあげると、悲鳴をあげて刀を落とす。

振り向いた伝吉がなにか言うよりも早く、右京は細千を首にかけて、腕に一瞬だけ力をこめた。

それで、すべてが終わった。

全員が動かなくなったところで、右京は周囲を見てまわった。

気配を感じて押し入れの戸を開くと、猿ぐつわをかまされたやまが横になっていた。ほっと息をついて右京は、やまを助けだす。

「迷惑かけたね。大丈夫だったかい」

「平気、平気さ。お大名に斬《き》りつけられてたときにくらべれば、どうということはないよ」

やまは笑みを浮かべる。屈託のない表情に、思わず右京も笑う。

弥次郎の怒声《どせい》が響いてきたのは、その直後だった。どうやら、裏の敵を片づけてきたらしい。

右京はやまを伴って、縁側にまわった。

茜色《あかねいろ》の光が、寮の奥を美しく彩る。

夏の太陽は西の彼方に姿を消し、残っているのは灰色《はいいろ》がかった雲と、色あざやかでどこか寂しさを感じさせる空だった。

八

いつもどおりの風景に、右京の心は和《なご》んだ。

表通りには町の者が行き交い、親しげな声が飛びかっている。手代はお得意先の番頭に礼を言って駆けだし、大工は弟子《でし》に何事か命じて、道具箱から金槌《かなづち》を取りだす。

水屋《みずや》の声に染物屋の女将《おかみ》が顔を出して、買い求める。その横では、風鈴《ふうりん》売りが軽やかな音を鳴らしながら、ゆっくりと十字路を曲がっていく。

江戸の夏がそこにはある。強すぎる日差しを避けて、いまは人通りが少ないが、夕方になれば屋台も出て、深川の町に活況が広がる。

右京が視線を転じると、曲がり角のところにやまの姿があった。ゆっくりと頭をさげる。それにあわせて、左右の甥《おい》とその嫁も頭をさげる。

いずれも旅支度をしており、顔には笑みがある。

右京が頭をさげると、また、やまも頭をさげる。三人の姿が消えるまでは、ずいぶんと長い時間がかかった。

「ようやく行ったか。あの婆さん」

弥次郎がかたわらに立って、やまの消えた道を見つめる。

「どんだけ時をかけているんだよ。長屋から出るまでに一刻近くかかったぞ。それでまだ未練たらたらに頭をさげて、いったいなんのつもりなんだか」

「別れを惜《お》しんでいるのさ。もう江戸に戻ってくることはないからね」

やまは、故郷の上州高崎《たかさき》に帰る。

以前から仕度を進めていて、新しい住み処も用意していた。念願がかない、今日、甥っ子夫婦に迎えられて旅立った。

「結局、この長屋にいたのは、家ができるまで居場所がなかったからか。甥っ子たちと一緒にいればいいのによ」

「気を使ったのさ。素性《すじよう》もよくわからぬ婆さんと住めば、いろいろと面倒も起きるってね。だから、新しい家ができるのを待った」

「よくわからねえな。金はあるんだから、それで黙らせればいいだろう」

「無理強《じ》いをすれば、また面倒になる。苦労人だから、そういうことはよくわかっているのさ。おまえさんも、あの人の過去は聞いただろう」

「……ああ。驚いたな。まさか、あの人がいかさま師だったなんてよ」

右京は、かいつまんで話を聞いていたが、今回、あらためてすべてを聞かされ、強い衝撃を受けた。

やまは、子どものころに奉公と称して売り飛ばされたが、十一歳のときに一度、逃げだした。その後は渡世人の愛人となり、十八のときに、その渡世人が殺されると逃げだして、いかさま師となった。

大きな仕掛けをすることで有名で、本郷《ほんごう》四丁目の茶問屋、萬家《よろずや》を引っかけた際には、わざわざ偽物の小料理屋を仕立て、彼女が主のように振る舞い、一度で千両の金を手にした。

質屋の儀兵衛《ぎへえ》はがめついことで知られていたが、深川の揚屋《あげや》を借りきってさんざんに遊ばせ、女の魔力でおかしくなったところで、財産のほとんどを吸いあげた。

一時、噂《うわさ》になって上方に逃げていたが、そこでも大阪商人を相手にさんざんに金を搾りあげた。

おそろしいことに、やまの仕事は一度として表に出ることはなかった。金を巻きあげられた商人が身を恥じて、口にすることはなかったからだ。

徹底的に追いこまず、迂闊にしゃべると損になると思わせたところに、いかさま師としての絶妙すぎる匙加減《さじかげん》がある。

しかし、年を取るにつれ、やまはいかさま師としての日々に嫌気が差すようになった。

仕事そのものより、子分やまわりが荒れて、勝手放題するのが気に入らなかった。油断した金持ちを狙って絞りあげ、終わったらさっさと引きあげ、仲間に分け与えるというやり方に皆がついてこなくなり、女を手籠《てご》めにしたり、脅し取った店の者をさらに追いこんで自害させたりと、陰惨《いんさん》な方向に走っていった。

掟《おきて》に反して子分が武家を引っかけ、危《あや》うく大名の家臣から殺されそうになったとき、やまは引退を決め、長い時間をかけて裏の連中と手を切った。

金をばらまくようになったのは、いかさま師をやめてからだ。

罪が消えるものではないし、追いこんで死に追いやった者がよみがえるものでもない。

ただ金を与えると、心が軽くなる。だからやっているだけと語っていた。

「人と話すと楽しい。人と食事をすると、もっと嬉しい。そう言っていたな」

「まあ、あの人と話すのは楽しかったな。こいつを渡すことはできなかったが」

弥次郎は簪を見た。

「残りの人生ぐらい、幸せに生きてほしいものだな」

背を向けた弥次郎に、右京が声をかける。

「おまえさん、これからどうするんだい」

「さあな。もう仕事を続ける気はなくなっちまった。いっそ足を洗って講談師か、噺家にでもなるかな」

「そいつはいい。一人前になったら、やまさんに聞かせてやりな」

「まだ、なにも決まっていねえよ」

弥次郎は手を振って、長屋に戻る。その仕草には、これまでにない清々《すがすが》しさが強く漂っていた。

弥次郎がしあわせ長屋を去ったのは、その半月後である。

しばらくしてから、二代目・三遊亭圓生《さんゆうていえんしょう》に弟子入りして噺家となり、五年と経たずに、深川北川町《きたがわちょう》の寄席で名声を馳《は》せることとなるが……それはまた、のちの話である。

第四話　読売の男

一

江戸の夏はいつからと問われて、氷室《ひむろ》開きと答える者は多い。

これは六月朔日《ついたち》、冬に降った雪を氷室から出して、夏の暑さをしのぐ儀式で、江戸では、加賀前田《まえだ》家《け》の上屋敷で開かれ、残しておいた冬の雪を将軍に献上する。町民もこれを真似て寒水《かんすい》を使った餅《もち》を食べる。

なお、富士《ふじ》の山開きもこの日であり、万年橋で富士山を見て参拝し、そのあとに餅を食する者も見受けられる。

その縁もあって、今日、右京は馴染《なじ》みの油屋で、お裾分《すそわ》けの餅をいただいた。皮がどことなく冷たく感じるのは、言い伝えを守って作っているためだろうか。練りこまれた餡《あん》も大変に美味《びみ》で、満足して店をあとにした。

西の空には灰色《はいいろ》の雲が広がっている。たいした量ではないし、風向きも異なるので大丈夫だと思うが、油断はしてはならない。

しあわせ長屋は低地にあり、少し強い雨が降ると、すぐに水があふれだす。堀からの水が逆流して長屋に入りこむこともあり、聞いたところによると、三年前には大水が出て、危《あや》うく長屋が水没しかけたようだ。それもあり、右京はいつでも雨を気にかけていた。

真田信濃守《さなだしなののかみ》の蔵屋敷を左手に見ながら堀に沿って進み、千鳥橋《ちどりばし》、丸木橋《まるきばし》と渡って材木町《ざいもくちょう》に入る。

堀端《ばた》を歩いていると、堀になにかが投げこまれた。女房が弁当を放ったらしく、猪牙舟《ちょきぶね》の船頭《せんどう》がそれを受け取る。若い女が船に向かって手を振ると、船頭も手をあげて応じる。

右京が微笑《ほほえ》んだその瞬間、耳障《みみざわ》りな怒鳴り声が響いた。

「よけいなことしやがって。俺たちがどれだけ迷惑をこうむったか、わかっているのか」

小路からふたりが飛びだしてきて、睨《にら》みあった。

「ふん、悪いのは、おめえらだろうが。読売《よみうり》に描かれるようなことをしてよ。お天道《てんと》さまに顔向けできねえようなことをするから、痛い目に遭うんだぜ」

「この覗《のぞ》き屋め」

「なんだとう」

ふたりは絡みあいながら、ふたたび横道に入った。

右京としては無視して帰りたいところであったが、争っている男の顔をしっかりと見てしまったうえに、一方が知った者であると気づいてしまった。

面倒だが放っておくわけにもいくまい。

右京があとを追うと、路地の奥で、三人の男が背の低い男を取り囲んでいた。顔を殴り、腹を蹴《け》りあげる。

小男も反撃を試みるが、腕を押さえられるとどうにもならず、一方的に叩きのめされる展開になっていた。

うめき声が立て続けにあがるのを見て、右京は声を張りあげた。

「やめなさい。大の大人がこんな昼間からみっともない」

争いが止まらなかった。むしろひどくなる。

やむなく右京が指弾《しだん》を放つと、三人は彼に気づいて顔を向けた。

「なんでえ、おまえは」

「差配だよ。その男が住んでいる長屋のね。なにがあったのかわからないが、放してやってくれないか」


「そうはいかねえ。こいつのおかげで、えらい目に遭ったんだ。目にものをみせてやらねえと、気がおさまらねえ」

「また無体《むたい》なことを。武家の奉公人が町民をいじめて、どうするね」

いじめている三人は刀を差し、六尺半纏《はんてん》に脚絆《きゃはん》という格好だった。髷《まげ》は結っているものの、手入れは行き届いていない。目つきも悪く、どこか投げやりな風情《ふぜい》が見てとれる。

武家奉公人、しかも下屋敷で胴元と組んで博打《ばくち》を打ち、町民からも嫌悪《けんお》の目で見られる質《たち》の悪い連中だ。渡世人たちとなんら変わりはないが、武家ということもあって、町方も手を出しにくく、揉《も》め事があっても無視されることが多い。

「いったい、なにをしたんだね、その男が」

「読売で、うちの家をからかったんだよ。さんざん袖《そで》の下をもらって、儲《もう》けているってな。それでいて、偉い人には尻尾《しっぽ》振る犬、なんて書きやがった」

奉公人は、男を蹴りあげた。

「おかげで、俺たちはいい笑いものだ」

「読売を配ったのは、こいつだ。なら、自分のやったことを思い知らせてやらねえとな」

別の奉公人が殴ると、男はうめく。

すでに顔は痣《あざ》だらけで、とても見ていられない。

「そのあたりにしておきなさい。これ以上、続けるようだと、町方を呼ぶよ」

「俺たちは、旗本《はたもと》の家臣だぞ。引っ張れるものなら、引っ張ってみろっていうんだ」

「ああ、縄をかけることはできないさ。けれど、騒ぎになれば、主《あるじ》に問いあわせがいくよ。あとあと、それが響いてこないかい。どうせ、あんたら年季奉公なんだろう」

いまは大名ですら、口入屋から奉公人を雇い入れるご時世である。おそらく彼らもその口で、面倒を起こせば、すぐに解き放ちになる。

その後は、渡世人まがいの仕事をするしかなく、寝転がって博打を打つだけの楽な生活とは無縁となる。そんなことは望むまい。

「目をつけられれば、面倒になるよ。それでもいいのなら、いたぶっていればいいさ」

右京に言われて、三人は男から離れた。顔をしかめて舌打ちする。

「おい、行くぞ」

ひとりが声をかけると、残りのふたりもそろって右京の前を通りすぎていく。

そのうちのひとりが、右京に向けて拳《こぶし》を振りあげた。

顔を殴り飛ばすつもりだったようだが、右京はさりげなくかわし、逆に細千をその足に投げつける。

少し力を入れて引くと、奉公人はあおむけにひっくり返った。

「大丈夫かね」

「うるせえ、手を出すな」

右京の手を払って、奉公人は立ちあがり、荒々しく小路を出ていった。

背の小さな男は大きく息をつき、着物の埃《ほこり》を払うと、右京を見た。瞳の色は、ひどく刺々《とげとげ》しい。

「悪かったね、差配さん。手間をかけさせて」

「いいんだよ、藤治《とうじ》さん。店子《たなこ》だからね。見て見ぬ振りをするのも気が引ける」

右京は、藤治と呼んだ男を睨んだ。

彼はしあわせ長屋の店子で、なにかと手のかかる問題児だった。

「でも、ずっとかばってはいられないよ。自分を大事にしないと、いずれ、そのあたりの川に簀《す》巻《ま》きにされて放りこまれるよ」

「承知のうえさ。俺は読売屋。人に睨まれて当然さ」

藤治は嘲《あざけ》るように笑って、小路から出ていった。

右京は大きく息を吐いた。わかっていたことだが、反省の色はない。この先も争いは続きそうだった。

二

「なるほど、それは威勢のいいことだ」

五郎右衛門に笑われて、右京は顔をしかめた。

「やめてくださいよ、面倒事はこりごりですぜ」

「よく言うよ。隠密時代にさんざん揉め事を起こした男が。おぬしに、どれだけ振りまわされたか。それを思えば、因《いん》果《が》応《おう》報《ほう》と言えるね」

「それは、ひどくないですか。お頭《かしら》」

「お頭はよせといったただろう。ほい、そっちの銀はいただくよ」

五郎右衛門がさっと角を動かすと、たちまち形勢は逆転した。優勢が崩れて、一挙に追いこまれる展開になる。

右京は忌《い》ま忌《い》ましげに駒《こま》を握る。

ふたりは、洲崎吉祥寺《すざききっしょうじ》の門前にある茶屋で、将棋《しょうぎ》を指していた。江戸湾が一望できる二階建ての店で、その一室に盤面《ばんめん》を置いている。なんでも五郎右衛門が主と懇意《こんい》らしく、ここで酒を飲みながら将棋を指すのが最高の楽しみらしい。

じつのところ、五郎右衛門が右京を呼びだすのは、おのれより下手《へた》な指し手が右京しかいないからだ。町の将棋指しが相手では勝負にならず、小遣いを巻きあげられて、さんざんな目に遭っているらしい。

「ほらほら、迂闊《うかつ》に攻めこんでいるから、守りがおろそかだ。いくよ」

五郎右衛門が手を打つと、右京はすぐに応じる。

悔《くや》しいが、勝ち目はない。

「まあ、しばらくは様子を見るしかないね」

「うかうかしていると、逆にお頭のほうが詰んでしまいますよ」

「馬鹿、将棋の話じゃない。その藤治とかいう男のことだよ。言っても聞きやしないのならば、放っておくしかなかろう」

「ああ、そうなんですけれどね。長屋に面倒をかけられると困るんで」

藤治はひと月前に入ってきた店子で、年は二十四。仕事は草鞋《わらじ》売りということだった。

ひさしぶりの若い男ということで、長屋の女は色めきだったが、右京はその隙《すき》のない動きが引っかかっていた。人と話すときにも巧みに距離を置いて、なにかあってもすぐに逃げられるように身構えていた。

また、草鞋売りと言いながら、長屋に売り物を持ちこむ気配はなく、手入れのための道具も持っていない。

理由《わけ》が判明したのは、長屋に入ってから十日後のことだった。

玄信寺の前で、読売がばらまかれたのである。

とある大店の内情を語ったもので、凄《すさ》まじい勢いで売れた。学者も買い求めて、右京に見せてくれた。

その夜、藤治が売れ残りの読売を抱えて、長屋に戻ってきた。

それを、さよが見つけて教えてくれたので、藤治のかかわりがあきらかになった。

右京が尋ねると、彼は木場の奥にある長屋で、版木師《はんぎし》や摺師《すりし》と組み、読売を作っているのだという。

江戸で評判のおもしろい話を聞いて、それを文章にし、ふさわしい挿絵《さしえ》を描いたのちに板下を作る。すぐに版木師が版木を作り、できあがったら摺師が続けざまに刷って仕上げる。

あとは、江戸中で売りさばくだけで、話のネタによっては、四半刻《しはんとき》と持たずに売りきれてしまうとのことだった。

読売は、ご政道を乱すものとして、町方からは睨まれており、発見されたら即座に捕縛《ほばく》される。しかし、たわいもない人情話ならばたいていは見逃され、町民のよい娯楽になっていた。

「藤治の読売は、きわどい話を扱っていましてね」

右京は考えて指したが、とうてい、よい手とは思えなかった。

「先だっての大店の内情を暴いたものでも、武家とのつながりを描いていたんですよ。とある旗本がその店と深い付き合いで、しょっちゅう遊びにいっていたと。女遊びも世話していたらしく、どこぞの別宅で、夜通し女を集めて乱痴気《らんちき》な騒ぎを起こしていたとか」

「なるほど。そのような内容なら、町方にも目をつけられるな」

「続編もなかなかに厳しくて。旗本の名前をあげて、賄賂《わいろ》のやりとりがあったことを書いてました」

挿絵も、商人と武家が裸の女を抱いているという代物で、これはさすがに町方ばかりか、ほうぼうからの怒りを買ったようだ。

「じゃあ、先だって、その藤治とやらが襲われていたのは……」

「その旗本の奉公人ですね。主が主ですから、家臣も家臣でして。荒っぽい手段で、藤治を締めあげにかかったというわけです」

「それでも、藤治はまだやる気であると」

「引くつもりはないでしょうよ。昨日の読売も刺々しい中味でした」

「ほい。その駒いただき。終わったな」

五郎右衛門が金を取り、右京の王は丸裸となった。

「負けました。もうけっこうです」

「悪いな。また勝たせてもらった」

「これで何回やられましたかね。十五回ぐらいですか」

「二十三だな。いつでもかかってくるがよい」

「ごめんです。当分、将棋はこりごりですよ」

右京は酒をすすった。味が苦いのは、気のせいではあるまい。

「して、どうする。その男」

「追いだすことはしませんよ。藤治が長屋にとどまりたいのであればね」

「されど、放っておけば、いずれ町方も踏みこんでこよう。長屋の裏を探られるのは、心地よくないな」

「町方は、どのあたりまで知っているので」

「町奉行までだ。内与力《うちよりき》ですらくわしいことは知るまい」

しあわせ長屋は将軍肝煎《きもい》りで建てられたが、その事実を知っている者はかぎられている。

側用人《そばようにん》が直《じか》に将軍の命令を伝えて、町年寄の樽屋藤左衛門《たるやとうざえもん》が普請を取り仕切っており、老中《ろうじゅう》ですら詳細を知っているのは阿部正弘《あべまさひろ》と牧野忠雅《まきのただまさ》だけである。

町奉行にはもちろん話は伝えてあるが、それを配下の者に教えることは許されていない。

厳しすぎるように思えるが、将軍が謝意を示すためとはいえ、町年寄に直接、内意を伝えて長屋造りにかかわったことが知られれば、大きな騒ぎになる。あきらかな越権行為であり、幕閣の面子《めんつ》にもかかわる。

さらに言えば、反家慶派につけいる隙を与え、政《まつりごと》が大きく揺らぐことも考えられる。

天保《てんぽう》の改革は頓挫《とんざ》したものの、改革派はいまだ権力を握っており、失脚した水野忠邦も一時、老中に復帰した。鳥居耀蔵も罪を問われたが、その行く先はまだ決まっておらず、風向き次第では悪辣《あくらつ》な手段を使って、幕政にかかわる可能性もあった。

異国船の問題もあって、幕府は大きく揺れており、小さな長屋問題でも……いや、小さいからこそ、かえって政争の道具にされることはありうる。

「うまくやっていくしかないね。頼んだよ」

「おまかせください、と言いたいのですが、これればかりはなんとも」

「死神右京にできぬことはあるまい。これまで無理と言われた探索を、何度もやってのけたではないか」

「おだててもなにも出ませんよ。では、私はそろそろ……」

「おや、これからいい魚が来るのに。先だって、洲崎の沖合で獲《と》れたばかりの鯛《たい》らしいぞ。夏のこの時季、魚を食べることができるのは珍しいであろう」

「なるほど、それでしたら、もう少し飲みますか」

「ならば。もう一番。おぬしが先手をやれ」

駒を並べられて、右京はうんざりした。

いい魚をとるか、それともへぼ将棋に付き合うか。

なんとも微妙なところだった。

三

結局、五郎右衛門に付き合って、将棋を三番も指し、そのすべてで負けた。

鯛はじつに美味《うま》かったが、その味わいも吹き飛んでしまうほどの惨敗《ざんぱい》で、ひどく落ちこみながら、右京は帰路についた。

そういえば、表店《おもてだな》の墨屋《すみや》が、将棋に強かったはずだ。暇《ひま》なときには店の前に将棋盤を並べて、近所の者を集めて指しまくっている。

ここは素直に教えをこうべきだろうか。負けっぱなしというのは、やはり気に入らない。

右京は明日にでも墨屋に会って、話をしてみようと思った。

気がつくと日は暮れ、周囲は闇《やみ》に包まれていた。

木場の周辺は、夜になるとひとけがなくなる。道を歩いていても、ほとんど人と出会うことはなく、屋台も商売にならないと見て出てくることはない。うろつくのは狐《きつね》か狸《たぬき》か、あるいは野外で春を売る女ぐらいだった。

提灯《ちょうちん》を手にして、右京は木場を抜けていく。

湿った風が吹きつけ、首筋に心地の悪い感触が残る。

六月のなかば、間もなく梅雨《つゆ》も明けようといういまこそ、一年で、もっとも湿り気がきつい時季だ。歩いているだけでじんわりと汗をかき、着物がべったりと身体に貼りつく。日陰に入っても一時しのぎしかならず、恨めしげに天を仰《あお》ぐ。

右京は曇った空を見あげて、憂鬱《ゆううつ》な気持ちになりながら足を速める。

もし、そこで彼が足を速めなければ、築後橋《ちくごばし》を渡ったところの騒動に気づくことはなかったであろう。

決着がつく前に発見できたのは、右京が夜目を使えたのと、早く長屋に戻って土産《みやげ》の水羊羹《みずようかん》を食べたいという気持ちがあったからだ。

「捕まえたぞ。そのまま縛って川に放りこんでしまえ」

武家屋敷の裏手からの声に、右京は足を止めた。

「これで叩かれることはなくなるな」

「馬鹿にしやがって。これでおまえさんも終わりだよ、藤治」

思わぬ名前に、右京は路地に入った。顔を向けると、材木の陰《かげ》で、三人の男が抵抗する男を縛ろうとしていた。

月明かりに照らされた三人の顔には、見覚えがある。先だって、藤治を襲っていた奉公人だ。となると、やはり横になっているのは……。

右京は気配を断って近づき、指弾を放った。

ならず者のひとりが倒れる。

次いで踏みこんで小路に入り、細千を放って、男の足に引っかけて転がす。

立ちあがろうとしたところで頭を蹴飛ばして、眠らせる。

残ったひとりは、先だって藤治を蹴りあげていた男で、なにが起きているのかわからず、左右を見まわしていた。

右京は闇にまぎれて男の背後にまわり、その首に細千をかける。

「ここまでだ。よけいなことをすれば、命はない」

「だ、誰だ」

「この町の死神よ。呪《のろ》われたくなければ、もうかまうな」

右京が腕に力をこめると、男は気を失って、その場に崩れ落ちた。

小男が咳《せ》きこみながら、小路から出てくるまでは少し時間がかかった。先まわりして、右京はそれを待っていた。

「またやられていたのかい」

彼が声をかけると、藤治は息を呑《の》んだ。

「なんだ、差配さんかい」

「手を貸そうかと思ったんだが、よけいなことをして怒られたくないからねえ」

「平気だよ。あんな雑魚《ざこ》、俺ひとりで十分だ。皆、いまはおねんねさ」

強がりを言うだけの余力はあるようだ。感心しながらも、右京は声を低めた。

「強気なのはけっこうだが、このままだと、あんた、死ぬよ」

「ふん、今時の武家になにができるっていうんだよ。舐《な》められても刀を抜く度胸もない。ただ、威張り散らしているだけの子どもだ」

「だから厄介なのさ。子どもの怒りには際限がないからね。辱《はずかし》めにあったと感じたら、前後の見境なく、とことんまでやってくるよ」

「それこそ、こちらの望みよ。家ごと潰《つぶ》してやる」

「呆《あき》れたね。あんた、どこまで無鉄砲《むてっぽう》なんだい」

「これが俺の生き様さ。迷惑はかけねえから、ほっといてくんな」

藤治は苦々しげに顔をゆがめて、右京から離れた。木場の闇に、その姿は吸いこまれていく。

右京は藤治の振る舞いから、子どもじみたこだわりと、さらにその奥にある深い怒りを感じとった。武家に対して強い思いを抱いており、それが読売としての原動力になっている。

家ごと潰してやるという言葉は、おそらく本心であろう。たとえ命を落としても、読売としてとことんまで追いこむつもりだ。

若さゆえの正義感なのかもしれないが、なんとも無茶が過ぎる。

「いや、待て」

このように考えてしまうことこそ、年を取った証拠なのか。昔はさんざん無茶をして、頭領や小頭から説教されたものだ。

年月を経て、慎重さは身についたが、その一方で、大きな博打は打てなくなっているような気もする。いかにも、つまらないことではないか。

右京は提灯をかざして、もとの道に戻る。

そのとき、弱い光が、道に落ちていた小刀を照らしだした。

藤治が落としたのか。

拾いあげた右京は、柄《つか》に思いもかけぬものを見つけて、目を細めた。

四

右京が声をかけられたのは、梅雨が明けて猛烈な日射しが頭上から降りそそぐ日だった。朝から異様に暑く、右京はだらしのない格好をして、番屋で涼んでいた。

「あの、差配さん」

「おう、さよか。すまないね。変な格好で」

「いえ。あの……藤治さんのところにお客さんが来ています。見慣れない人で、ずっと待っているんですが、留守みたいで」

なにか気になって、とさよが言うので、右京は長屋に戻った。

引き戸の前には、若い女性が立っていた。髪は高島田で、痛んだ桃色《ももいろ》の絣《かすり》を身にまとっている。右腕で風呂敷を抱え、さかんに戸を叩いていた。

顔立ちは整っていた。目は細く、鼻は小さい。丸みを帯びた頬《ほお》の曲線は絶妙で、まさに娘と女の境目の瑞々《みずみず》しさを醸《かも》しだしている。

右京はさりげなく近づき、声をかけた。

「あの。藤治さんに、なにかご用ですか」

娘はぴくりと肩を震わせて、右京を見た。

「ああ、驚かせてすみません。私はこの長屋の差配で、御神本右京と申します。失礼ですが、あなたさまは」

「あ、申しわけありません。挨拶《あいさつ》が遅くなって」

女が頭をさげた。

「私は篠《しの》と申します。あの藤治郎《とうじろう》……いえ、藤治さまがどこにいるか、ご存じではないでしょうか」

「今日は留守のようですな。あの、篠さまは藤治とどういった関係で」

「妹です。年は少し離れておりますが」

「なんと」

静かに頭をさげる篠を、右京は自分の長屋に誘った。しばし彼女はためらっていたが、話したいことがあるとの言葉に、静かについてきた。

板間に座ったところで白湯《さゆ》を渡すと、篠は礼儀正しく茶碗を手に取った。町民の仕草ではなかった。

「もしかして、あなたさまは武家ですか」

「はい。御家人・小野田藤兵衛《おのだとうべえ》の娘です。父は徒士《かち》勤めをしておりまして、御徒町《おかちまち》に屋敷がございます。ですが、どうして」

「じつは、これを拾いましてな」

右京は、小刀を差しだした。

「柄に家紋《かもん》があります。これは、藤治のものですかね」

「そうです。私も同じ物を持っています」

「なるほど。でしたら、とんだ失礼を」

「お気になさらず。武家と申しましても、小身で生活にも窮《きゅう》しているような身分でございますから。それより兄さまのことなのですが」

「藤治……殿も武家なのですね」

「はい。小野田家の次男です。いろいろあって部屋住みだったのですが、二年前の秋に屋敷を飛びだしてからというもの、行方知れずになっていたのです」

篠の横顔に翳《かげ》りが走る。それもまた美しい。

「手を尽くして探したのですが、まるで見つからず、どうしたものかと途方に暮れていたところ、先日、深川界隈《かいわい》で、それらしき人物を見たという話を聞きまして。方々で人相を聞いて調べてみましたら、この屋敷にいらっしゃるとのことで訪ねてきたのです」

「見かけたという話だけで、ここまでたどり着いたのですか」

せまいようで広い深川である。その手がかりだけでしあわせ長屋を見つけるには、大変な時間と手間がかかったはずだ。右京は素直に感心した。

「それは大変でしたな」

「いいえ、兄さまのためですから。それより、いま兄さまは、なにをしているのでしょうか。便《たよ》りもなかったので、なにもわからないのです」

右京はためらったが、嘘《うそ》をつくのはよろしくないと考えて、藤治が読売の仕事に携わっていることを伝えた。学者が渡してくれた、実際の品物も見せた。

さすがに、篠の顔色が変わった。

「兄さまがこんなことを」

「武家としては少々、型破りですね。家にいたころは、どのような方だったのですか」

「本を読んでばかりでした。勘定方《かんじょうかた》の役目に就《つ》きたいとかで、算術の塾にも通っていたぐらいです。それが、そんないかがわしい仕事に手を染めるなんて……」

「兄上は、強いこだわりがあって、読売にかかわっているようです。なにか心あたりはございませんか」

篠は一瞬だけ頬を強張《こわば》らせた。

おそらく右京でなければ気づかないほどのわずかな動きであり、実際、視線を戻したとき、篠は前と変わらぬ口調で応じていた。

「いいえ、まったく。心あたりはありません」

「本当に」

「はい」

「となると、厄介ですな」

右京は、藤治が武家奉公人に狙《ねら》われていることは語らなかった。

事情を知らないまま語るのはうまくないし、なにより篠を心配させたくなかった。隠していることはあるようだが、兄への思いは本物のように見えた。

「兄さまには、早く家に戻っていただきたいのです。我が家にはもうひとり上に兄がいるのですが、身体の具合がよろしくないのです。その兄も、藤治郎兄さまいのです」

がいなくなったことをひどく気にかけておりまして。心の支えになってもらいた

「父上はどうおっしゃっているので」

「放っておけと。いずれ帰ってくるから、かまうなと言われて困っています」

篠の横顔に憂《うれ》いが漂う。

それは、この若い娘にさらなる色気を与えた。

枯れつつある右京ですら、支えたいと思わせてしまうはどで、若い男が見れば、たちまち魂《たましい》を持っていかれるかもしれない。

「とにかくいまは、兄さまと会って話がしたいのです。どうすれば……」

「今日は早くに帰ってくるでしょう。それまで、ここで待っていれば……」

右京が語っている間に、足音がした。大股《おおまた》で力強い足取りは、藤治のものだ。

「おや、戻ってきたようですね。なら、私が……」

「兄さま」

篠はぱっと立ちあがり、履《は》き物を突っかけて、外に飛びだした。

「藤治郎兄さま、篠です」

「いけない。いきなり話しかけては」

右京が外に出たときには、篠と藤治は顔を合わせていた。

真剣な表情の篠に対して、藤治は目と口を大きく開いて、その場に立ち尽くしていた。

「おひさしぶりです、兄さま。ようやく会えました」

「し、篠か。おぬし、どうしてここに」

「探していたのです。さあ、屋敷に戻りましょう」

藤治は口を動かしたが、言葉は出すことなく、その場で首を振る。

「どういうことですか、兄さま」

「俺は家には帰らぬ」

「そんな、なぜ……」

「俺は小野田藤治郎ではない。深川の藤治で、単なる草鞋売りだ。おめえさんみたいな武家娘は知らねえ。帰れ。帰ってくれ」

「できません。私はずっと探していたのです」

「おまえが帰らねえなら、俺が出ていく」

ぱっと藤治は背を向けて走りだす。篠は追うが、つまずいて倒れてしまった。

あわてて右京が駆け寄った。

「大丈夫ですか」

「それより兄さまを。私は話をしなければいけないのです」

右京は表通りに飛びだして、左右を見まわしたが、藤治の姿は見えなかった。目に映るのは、夏の日差しに照らされる表通りの店構えと、人混みを巧みに避けながら歩く町民たちの姿だけだった。

五

結局、夜になるまで藤治は戻らず、篠は家の者に付き添われて屋敷に戻った。
帰ってきたら教えてください、と念を押しながら。
右京は五つの鐘《かね》がなったところで、長屋を出た。
向かったのは同じ町内にある煮売り家で、安い酒と料理を出すことで知られて
いた。あんなまずい飯を食べるのは馬鹿だね、などとうめは言うが、店はそれな
りに盛っていて、右京が訪ねたときも席の半分は埋まっていた。
小あがりに藤治を見つけて、右京は店に入っていった。酒と胡瓜《きゆうり》の味噌漬《みそづ》けを
頼むと、彼の前に座る。

「やはりここか。安く酔うなら、いちばんだからね」

「なんだい、差配人さんかい。いったいなにしにきた」

「ずいぶんと酔っているようだ。ひさびさに妹と会って、そんなに気持ちが乱れたか」

「俺に妹などいない。知らぬ顔だ」

藤治は徳利《とっくり》を振った。目の輝きは暗く、あまりよい酔い方ではなかった。

「さんざん兄さまをよろしくと言っていたぞ。ひねくれ者のおぬしには似合わぬ、よい娘ではないか」

藤治はうつむいたまま、なにも言わない。酔いのせいではあるまい。

「おまえさん、武家だったんだね」

「七十石の御家人だがな」

「そのわりには、物事がよく見えているし、文も達者だ。しっかり学問に励んだのだろうに、なぜ家を飛びだし、読売などにかかわっているのか。妹さんも気にしていたぞ。ああ、どうもありがとう」

徳利と盃が出てきたので、右京は手酌《てじゃく》で酒をすすった。

美味くはないが、暑いこの時季にしては味が悪くなっていない。酒は生もので、夏には弱い。それを見越して、味直しの工夫を重ねているようだ。

藤治が話をはじめるまでには、四半刻を要した。

「……差配さん、あんた、人を前にしてよく黙っていられるな」

「二日までは平気だ。三日を超えると、工夫が要る」

「なにをするんだ」

「眠るんだよ。夢を見ている間は、誰とも話さないで済む」

「違いない」

軽く笑うと、藤治は顔をあげた。徳利をつかみ、杯に注《つ》いで一気に飲み干す。

「俺は勝手に話すから、差配さんも勝手に聞いてくれ。帰りたかったら、いつでも帰ってもらっていい」

「そうするよ」

「うちの実家が七十石の御家人であることは言ったたな。爺《じい》さまのころまでは、それこそ貧乏でひどかったらしい。日々の暮らしにも困って、あちこちの店に借財を抱えていた。父が子どものころから方々に頭をさげて、返済を伸ばしてもらっていた。それが、なんとも嫌に見えたって、よく言っていたよ」

「金がないと、人の心は崩れるからねえ」

「かといって、金にこだわりすぎると、ろくなことはねえ。我が家の主……父上がそうよ。貧乏から抜けだすため、懸命に勉強して、小普請《こぶしん》から御徒になり、いまでは組頭になった。がんばったとは思うが……やりすぎるのはよくねえや」

「どういうことだ？」

「金を求めるあまり、悪事に手を染めた。それもとんでもなく大きいものに」

藤治は、父の小野田藤兵衛が大身《たいしん》旗本と組んで、抜荷《ぬけに》を仕掛けているのだと語った。

その旗本は、糸問屋の飛驒屋《ひだや》音次郎《おとじろう》と懇意で、長崎《ながさき》経由の南蛮品《なんばんひん》を手にできた。旗本の父親が長崎奉行を務めていたころからの伝手《つて》で、一年での商《あきな》いは年間三千両にも達するという。

藤兵衛は、件《くだん》の旗本が釣り好きと知って、わざわざ道具をそろえて自分も習い、腕があがったところで声をかけた。

秘伝の釣り場を教えたこともあって、釣果《ちょうか》は上々で、以来、関係が深まり、ついに秘事にかかわるようになった。

「媚《こ》びるのが、徹底的にうまかったんだろう」

藤治の自嘲《じちょう》は見ていて、痛々しかった。

「で、その旗本の名は」

「平井《ひらい》幹左衛門《みきざえもん》。三千石の寄合さ」

その人物は、右京も知っていた。年は三十一で、いまは寄合であるが、近いうちに重要な役職に就くと噂《うわさ》されている。家が裕福であることでも知られており、彼の屋敷には、借財を求める御家人や旗本が押しかけている。

銭相場にでも手を出しているのかと思っていたが、どうやら右京が考えていたよりも悪人であったらしい。抜荷とは驚きである。

「おこぼれをいただいて、小野田家の生活はよくなったよ。借金はすべて返して、屋敷の手入れもできた。質に入れていた鎧《よろい》や刀も取り返し、息子や娘が生まれれば、祝いの宴も開けるようになった。食い物もぐっとよくなったよ」

「それにしては、篠さんの着物はいまいちだったな」

「妹が嫌ったんだ。新しいのを仕立ててやるっていうのを断って、母上の残した着物を身につけている。聡《さと》いから、父上がなにをやっているのか、おおよそ気づいていると思う」

「おまえさんは、いつ知った？」

「五年前だ。毎年六月になると、夜に家を抜けだして、なにかやっていた。あとをつけたら飛騨屋に顔を出し、しっかり抜荷の取引に立ちあっていた」

藤治は一気に酒をあおった。

「さすがに文句を言ったよ。悪事はよくない、早々に手を引いて、お上に訴えるべきだと。そうしたら、子どもは黙っていろと文句を言われて、座敷に閉じこめられた。さんざんに叩かれてな。兄と篠がかばってくれなかったら、そのまま手打ちになっていただろう。あんなに怒る父上を見たのは、はじめてだった」

「………」

「金がないのはわかる。貧乏が苦しいのもだ。だが、悪事に手を染めるのはよくねえ。父上のおかげで、町の連中が何人も涙を流した。以前、抜荷の件が、ばれそうになったことがあった。平井や父上らは、その罪を、飛騨屋の商売敵《がたき》にまんまとかぶせた。商売敵の店の主人は必死に無実を言いたてたが信じてもらえず、最後は一家心中になっちまった」

その濡《ぬ》れ衣《ぎぬ》の証拠をそろえたのは、藤治の父だった。偽《にせ》の証文や抜荷に使った道具を隠れて仕込み、町方が見つけるように仕向けた。偽の証人も周到に用意したのだという。

「ほかにもある。平井が気に入ったある町娘がいてな。どうしてもものにしたいということで、適当な罪をかぶせて娘の父親を強請《ゆす》り、強引に妾《めかけ》にした。慰《なぐさ》み者にされた娘は、三年もしないうちに死んだよ。篠と同い年だぞ。自分にも娘がいて、よくそんなことができるぜ」

藤治のなかには、燃えあがるような義憤《ぎふん》があった。怒りの強さで、盃が握りつぶされそうなほどである。

「さすがにもう耐えられねえ。親だろうがなんだろうが、あいつらの悪事を、あばかねえわけにはいかねえ」

「なるほど、それで読売か」

調べてお上に訴えても、武家がかかわっているとなれば、真相は隠蔽《いんぺい》されるかもしれない。平井のような旗本がかかわっていれば、なおさらだ。

そこで読売だ。町の噂をあおって、江戸市中の目が平井に向くように仕向ければ、町方のみならず、幕閣の注意をうながすことができる。

事の次第を細かく書いて残せば、思わぬかたちで抜荷の詳細があきらかになるかもしれない。危険は伴うが、うまいやり方と言えよう。

「そういうことだ。俺は読売で、平井と仲間たちを追いこんでいく」

「そこには、小野田家も含まれる。いいのか」

「しかたねえ」

「篠さんが哀しむよ」

「……そろそろ帰るか。話しすぎた」

藤治は立ちあがり、右京も続いた。

勘定はさりげなく右京が払って、ふたりはさっと外へ出る。

「金、払ってくれたのか」

「ああ、おまえさんの本音《ほんね》が聞けたからね。話の代金だと思えば、安いものさ」

「おかしな差配だな、あんたは」

夜風に流されるようにして、藤治は夜道を進む。

「私が侍だからか」

「いや、それだけじゃねえな。なんだか得体が知れねえ。普通の差配ってのは、もっとがめつくて口うるさいものだ。ちょっとでも面倒を起こすと説教して、こう、首の根っこを押さえようとする。それが全然ねえんだ。なにが起きても平気って顔をしていやがる」

「そんなことはないよ。おまえさんが店賃《たなちん》を払わなければ、鬼にもなるさ」

「どうだかな。笑いながら、こちらが折れて払うのを待っていそうだ」

そこで、藤治は右京を見た。

「なあ、差配って、やっていて楽しいかい」

右京はすぐには答えなかった。藤治の声が、思いのほか重かったからだ。

酔った勢いはあるのかもしれないが、からかっているのでないことはわかる。

だからこそ、きちんと考えて答えたかった。

「……そうだね。まあ、やっぱり楽しいんじゃないかね」

「どのあたりが」

「照れくさいんだが、やっぱり頼られるのはいい気分なのさ」

年を重ね、隠密から引退したとき、気楽になったと思う反面、まわりから人が去ったような気がして、なんとも寂しくなった。変わらず接してくれているようには見えても、現役のときとは違う。あたかも、おまえはもういらない、と言われているような気になった。

なにをしても気持ちが入らず、時が過ぎるのを待つだけの日々が続いた。

それが差配になってから変わった。

事情のある長屋だから、面倒な用事は次々と飛びこんでくるし、店子も風変わりな連中が多い。騒動を起こされて、深川をあちこち飛びまわる日々が続く。

家持や町役人、さらには同心や町の顔役との付き合いなど、表の役目でも引っ張りまわされて、ひどく忙しい。

それでも自分が必要とされており、町の者から頼りにされるのは素直に嬉《うれ》しかった。ああしてほしい、こうしてほしい、と言われ、なんとか手を尽くしてやり遂《と》げたとき、

『ありがとう、右京さんがいてくれて助かったよ』

などと言われると、興奮し、妙に若返ったような気持ちになった。

「生意気なことを言うようだけど、やりがいって言うのは大切だと思うよ。なにをやっても手応《てごた》えがないんじゃや、虚《むな》しさで潰れてしまう。そういう意味では、いい仕事だね。生きている感じがするよ」

かつて、死神と呼ばれていたころには思いもしなかった生活が、ここにはあった。

「そうか。なんかわかるよ」

ぼそっと、藤治がつぶやいた。

「俺も、勢いで家を飛びだしたはいいけれど、しばらく自分のやりたいことが見つからずにぶらぶらしていた。なにをやっても身が入らずに、つまんねえつまん

ねえと言いながら暮らしていたとき、出会ったのが読売の仕事だったんだよ。摺師の健蔵って爺さんに誘われてはじめたんだが、これがおもしろくてよ。もう夢中になった。いい文を書くじゃねえかと言われれば、気分がよくなってな、それからずっと、かかわってきた」

「いいね、そういうの」

「頭を突きあわせて、書くことを考えたり、配り方に頭をめぐらせたりするうちに、いつの間にか仲間のひとりとして認められていたし、俺もまわりを仲間だと思っていた。あれはいい。だから、読売をやってきたんだよ」

父親の悪事を暴くのが目的ではあったが、それ以上に読売作りの楽しさに触れ、町で聞いた人情話をおもしろおかしく書いたこともあった。

「俺は武家だが、読売って仕事を追いかけてみるのもおもしろいんじゃないかって思うようになった。まあ、もちろん、いつまでできるかわからねえがな」

「好きにやってみればいいさ。おまえさんはまだ若いんだから」

「二十四だぜ。もう」

「私から見れば若造だよ」

「できるかな」

「もちろん。おまえさんなら、なんだってやれるさ」

右京の言葉に、藤治は照れくさそうに笑った。いい表情だ。

「まあ、その前に、おまえさんの身辺をしっかりさせないとね。ここのところ、どこぞの奉公人に襲われているようだけど、やっぱり抜荷とかかわりがあるのかい」

「そうさ。平井家の連中で、また質《たち》が悪い。荒っぽくて、いったいなにをしでかすかわからないところがある」

「危うく簀巻きにされかけたしね」

「そうさ。だから……」

その声は途中で切れた。

顔から血を流した男が、角を曲がってきたからだ。男の着物は袖や裾が激しく破け、むきだしの手足は血の跡で赤黒く染まっていた。

うめき声をあげて男が倒れると、藤治はあわてて駆け寄った。

「おい、三海《さんかい》さん。大丈夫か」

「知りあいかい」

「版木師だよ。一緒に読売を作っている。おい、なにがあったんだ」

「やられた。例の連中だ。住み処が襲われた」

三海と呼ばれた男は、膝《ひざ》をついた。

「いっせいに襲いかかってきて、健蔵さんが刺された。あとはもうわからずで」

「しっかりしろ、三海さん、三海さん」

「待っていな。手当てをできる者を呼んでくるから」

一刻でも早く手当てをしないと命にかかわる。

右京はすぐに駆けだした。

六

幸い、手当てが早かったこともあり、三海は命を取りとめた。意識もあり、翌日にはなんとか話もできた。

しかし、摺師の健蔵は、木場の住み処で無惨《むざん》な最期《さいご》を遂げていた。胸をめった突きにされてのことで、その顔は苦しみでゆがんでいたと言う。

藤治は悲嘆《ひたん》に暮れながらも、懸命に自分を奮いたたせて、葬儀《そうぎ》を出した。

そのあと、読売の仕事に集中したのは、哀しみから逃れるためかもしれない。

彼は平井と小野田家、糸問屋の飛騨屋音次郎の関係を細かく調べて、それを読売に記してばらまいた。

一日中、仕事で長屋に帰ってこない日もあった。

それを気にしてか、篠がしょっちゅう長屋を訪れ、食べ物や着替えを置いていった。右京や長屋の連中にも挨拶し、くれぐれも兄のことをよろしくと頼みこんでいった。

彼女のおかげで、藤治の評価もあがった。

かいがいしく世話をする妹に、うめやさよは感心し、なにかと話しかけて情報交換をしていた。藤治がどんな食べ物を好んでいるか、うめが教え、篠がそれを屋敷の下女に伝えるという顚末《てんまつ》もあった。

篠が長屋の皆に馴染んでいくのを、右京は微笑ましく思っていた。

妹が兄を思っていることはあきらかだったし、藤治もまた篠を気にしていた。

いずれふたりが話しあう機会もあると見て、長屋で自由にさせていた。

だが、それが裏目に出た。

帰り際の篠が襲われたのである。

「それで具合は」

「命には別状ねえってことだが、腕を斬《き》られたらしい。くっきりと跡が残るぐらいの深さだってことだ」

藤治の答えに、右京は天を仰いだ。

なんということだ。若い娘がその身体に深傷《ふかで》を負ってしまうとは。

迂闊だった。

「私がもっと気をつけていればよかった。せめて送り迎えについていけば、こんなことにはならなかった」

「差配さんがいても、だめだったさ。襲われたときにはうちの奉公人もいたが、そいつも斬られて大怪我をした。命があっただけでも、めっけものかもしれねえや」

藤治は板間に座ってうなだれた。

篠が襲われたという知らせは、その日のうちに長屋に届いた。藤治はあわてて屋敷に戻り、容体を確認したのである。

「やったのは、平井家の連中だ。篠が、俺の長屋に出入りしていたから狙われたんだ。くそっ。もっとちゃんと話をしていれば、こんなことには……」

藤治は手で顔を覆《おお》った。見ているだけで、心が痛む。

油断だった。

すでに健蔵を殺しているのだから、もっと過激な手段に出ることはありえた。藤治の身のまわりは気にしていたが、まさか、まわりの者にまで害が及ぶとは考えなかった。

右京は大きく息を吸いこみ、目を閉じた。

頭の中で考えをまとめる。次に目を開けたときには、決断をくだしていた。

「敵《かたき》を討ちたいかい」

なんの前触れもなく、右京は問うた。藤治はのろのろと顔をあげる。

「なんだって？」

「健蔵さんや篠さんの敵を討ちたいか、と聞いているんだ」

右京の重い言葉を、藤治はしっかりと受け止めた。しばし視線をさげたが、やがて目を見てうなずいた。

「あたりまえだ。健蔵さんにはなにかと世話になった。あの人がいなかったら、いま読売の仕事はできていねえ。それに、篠は俺の妹だ。なにもしていないのに、つまらない怪我を負わされて、さぞ嘆いているだろう。なんとか恨みを晴らしてやりてえ」

「やったのは、平井家の連中だな」

「ああ、俺を襲ったのと同じ連中だろう。間違いねえ」

「だったら、手を貸すぜ」

右京の言葉に、藤治は顔をあげた。

「あんた、いったい……」

「私にできるのは、手を貸すことだけだ。とどめを刺すのはおまえさんだが、それでいいかい」

藤治は間を置いてからうなずいた。その目に強い覚悟の色がある。

右京は板間にあがって、これからの手順を話しはじめた。

七

飛驒屋音次郎は本所に店を持つ糸問屋で、羽振りがよいことで知られていた。上尾《あげお》や深谷で買いあげた品を、江戸市中の小売に卸している。糸の質はいまひとつであったが、とにかく安かったので、行商の糸屋には評判がよかった。

音次郎は深川にしゅっちゅう通って、芸者をあげて遊ぶことでも有名だ。派手に金をばらまく一方で、女にしつこく絡み、袖にされると根に持って、あれこれ讒言《ざんげん》を流すので、揚屋での評判はよろしくなかった。

右京が彼の姿を見かけたのは、七月の中旬であった。

音次郎は取り巻きを連れて、本誓寺《ほんせいじ》に面した通りをゆっくり歩いていた。深川で遊んだ帰りで、皆、酔っ払っていた。

男たちは、さんざん女の善《よ》し悪《あ》しを語っており、口の悪さに通りすがりの女房が顔をしかめるほどだった。

日はすっかり暮れていて、提灯の輝きが左右に大きく揺れている。

右京は気配を消して、すっと男たちに近づいた。軽く足を引っかけて、ひとりを転がす。さらに、その横のふたりも転がして、軽くその腹を蹴る。

「おい、どうしたんだい」

音次郎が足を止めたところで、右京は背後にまわりこんで、細千を取りだした。

「飛騨屋さん、ずいぶんと悪事をしておられているようですね」

「な、なんなんだ、おまえは」

「死神ですよ。深川に住んでいる」

低い声で語りかけると、音次郎は小さくうめいた。

「抜荷に、女遊びと。船が使えるので、好きなようにできるのはありがたいですが、さすがに度が過ぎませんかね。この間も、死人が出ましたからねえ」

右京はすっと細千を首にかけ、軽く締めあげた。

「ねちっこいのは商売には向いていいましょうが、人殺しはどうかと思いますよ。いまだ読売売りを狙っているのもいただけませんね。ねちっこく言い寄るのは女だけにしていただかないと、その首、もらっちまいますぜ」

手に力をこめると、音次郎はさらにうめく。逃げようとしても、力が入らず、ほどくことができない。

「や、やめろ」

「もうちょっとでいけますぜ。地獄って、いいところへね」

白目をむいたところで、右京は力をゆるめた。

音次郎は膝をついて、大きく息を吐きだした。

「これ以上、読売屋に手を出すのはやめなされ。さもなくば、その命、お仲間ともども手前がいただきますよ」

右京は闇にまぎれて、音次郎から離れる。

そのときに、わざと根付けを落とす。呼吸を整えた音次郎が、右京の落とし物に気づくまで、さして時はかからなかった。

動きがあったのは、音次郎を襲ってから三日が経ってからだった。

夜になって、長屋の周囲が不穏《ふおん》な気配に包まれた。

ようやく、こちらの居場所に気づいたか。わざと根付けを落とした甲斐《かい》はあったようだ。

強い殺気を感じたところで、右京は長屋を出た。まだ木戸が閉まるまでには半刻はあり、時間は十分にあった。

背後には、まだ殺気がある。五人か、それ以上の者があとをつけている。

静かに右京は、夜の深川を抜けていく。夏ということもあって、あちこちに屋台が出ていて、皆が思い思いに酒や料理を味わっている。

右京も声をかけられたが、嫌味にならないように断って、ずんずん先に行く。

ようやく足を止めたのは、蛤町《はまぐりちょう》の先にある武家屋敷に入ってからだった。

「そろそろ出てきちゃどうだい。長屋の差配に、天罰をくだしにきたんだろう」

彼の言葉に、気配が揺れる。

それでも彼が再度、声をかけると、五人の男たちが横に並んで現れた。いずれも長脇差《ながわきざし》を抜いている。

「おや、見たことがある顔だね。藤治をいじめていた奉公人かい」

「うるせえぞ。おまえには、さんざん邪魔されたが、今日でおしまいだ。ここで始末してやる」

「長屋の差配を殺したら、大変な騒ぎになるよ。ごまかしは利くのかい」

「そのあたりの手筈《てはず》はちゃんと整っている。俺たちがなんの策もなしに、ここまで来るはずがなかろう」

「藤治と揉めて、そのときに庖丁《ほうちょう》で突き刺されたとでも言うつもりか」

五人は口を閉ざし、半円の陣形で右京に迫ってきた。

間合いが三間にまで詰まったところで、右京が動いた。

指弾を放って右の男の膝を叩くと、隠していた脇差を抜いて、隣にいた男に仕掛けた。

ふたりは虚を衝かれて、またたく間に斬られる。

ついで右京は大きく左に跳んで、三人目の男と対峙《たいじ》する。

大声をあげて、奉公人は斬りかかってきたが、あっさり右京はかわして、背後にまわりこむと、細千で首を締めあげる。

一瞬で意識を失い、奉公人は崩れ落ちる。

四人目が目を血走らせながら迫ってくると、その額に指弾を叩きつける。

彼方から響く犬の遠吠《とおぼ》えが消えるよりも早く、右京は四人の敵を叩き潰していた。

「残ったのは、あんただけだね。どうする？」

「おまえ、いったい何者だ。こんなこと……」

「だから、単なる差配だと言っている」

「そんなはずはない……」

「その気がないのなら、こっちからいくよ」

右京は一瞬で間合いを詰めつつ、指弾を放つ。

横に跳んで、奉公人はかわす。さすがの動きであるが、それもまた右京の予想の範囲内だった。ためらうことなく懐《ふところ》に飛びこむと、脇差を振るう。

横からの一撃は、奉公人の両目を切り裂いた。

ぎゃっ、と悲鳴をあげて、奉公人はうずくまった。顔を押さえた手は、血で赤く染まっている。

「まだ終わらないよ。あんたがやらかした悪事、すべて吐いてもらうからね」

右京は奉公人に歩み寄ると、その首筋に刃《やいば》を突きたてた。

八

足音が近づいてきたのは、彼が案内されてから一刻が過ぎてからだった。

急ぐと言って呼び寄せておきながら、人を待たせるのはどういうことか。権威を見せつけるためだろう。

右京は長い隠密生活で、多くの武家に仕えてきた。なかにはこういった、くだらない人物もいる。

障子《しょうじ》が開いて、茶の単衣羽織《ばおり》を身につけた武家が入ってきた。恰幅《かっぷく》があり、顔にも腹も不必要な肉がついている。

目は細く、眉毛《まゆげ》は太い。強面《こわもて》であったが、さほど圧力は感じなかった。

「おぬしが、御神本右京か」

「さようで」

「儂は平井幹左衛門。三千石の旗本だ」

右京は小さくうなずいた。平伏しないところに腹が立ったのか、平井は語気を強めた。

「おぬし、読売屋の長屋で、差配を務めているそうだな」

「はい。一年半ほど前からやらしていただいています」

「なにを思って、あの読売屋をかばう。なぜ好きにさせておく」

「はて、なんのことでしょう。店子とは、分け隔《へだ》てなく付き合いをしておりますが」

「とぼけるな」

怒声《どせい》が響く。眼光は鋭さを増したが、右京は平然としていた。

「あの読売屋のおかげで、我らはひどく迷惑しておる」

そうであろう。いや、そうでなくては困る。

藤治に周囲を調べられて、平井はひどく苛立《いらだ》っていた。ばらまかれた読売はまさに事実が書かれており、これをきっかけに、万が一にも町方が動けば、抜荷の件がおおやけになるかもしれない。

だから、何度となく藤治を襲ったのであるが、すべて右京に邪魔されてしまった。

それればかりか、飛騨屋音次郎とのつながりを知られて、脅《おど》しをかけられたあげく、右京を狙った奉公人が捕らえられ、悪事の詳細を知られることになった。右京は事の次第を書状にしたため、平井に送りつけ、耐えかねて彼が右京を呼びつけた結果が、今日の対面というわけだ。

飛騨屋音次郎に脅しをかけたのも、襲ってきた奉公人の一団を叩きのめしたのも、元凶である平井幹左衛門に圧力をかけるためだ。

根付けを落として、わざと身元がばれるようにしたのも、敵の動きを誘って仕掛けるためで、すべて計算どおりだ。

「好き放題、書かれて、噂になっておる。変な落首まで出まわる始末で、御老中さまからも耳打ちされた」

「それは、お気の毒でございますな」

のんびりと言って軽く頭をさげると、平井の頰は真っ赤に染まった。

「ふ、ふざけるな。よいか。あ奴に伝えよ。早々に読売から手を引いて、家に戻れとな。おぬしの実家がどうなってもよいのかと言っておけ」

「でしたら、直に伝えればよいのでは」

「身をかくまっておいて、よく言う」

藤治は、例の事件があって以来、洲崎の料理屋に移していた。もちろん、その間も読売は刷り続けている。

手伝ってくれたのは、読売屋の仲間たちだ。

仲間が殺された事件は、彼らの心に火をつけた。敵を討つという思いで、多くの摺師や版木師が協力してくれた。おかげで、これまで以上に早く、大量の読売を作って江戸市中にばらまくことができた。

平井の悪事は少しずつあきらかになり、町民の噂となっている。

「じつは、このようなものを預かっておりまして」

右京は笑みを浮かべて、懐から読売を取りだし、平井に渡した。一瞥《いちべつ》しただけで、目がつりあがる。

「見てのとおり、平井さまの悪事が細かく描かれております。完結編とでも申せばよろしいのでしょうか。これを読めば、どのような抜荷をして、どれだけ儲けていたのかが、一目瞭然《いちもくりょうぜん》ですな。五文で早々に売りだすつもりでして」

平井の顔は真っ赤になった。

「やめさせよ。こんなことをしたら、おぬしら、ただではすまんぞ」

「その前に、平井さまの身が砕けて消えるんじゃないですかね。さすがに、幕閣も見逃さないでしょう」

「……ここまですれば、奴の実家にも累が及ぶぞ。それでよいのか」

「覚悟はしている、とのことです」

平井の悪事を暴けば、当然、父親の罪も問われることになる。

小野田家は厳しい立場に立たされるだろうが、藤治はそれを承知で、読売を出すことを決めていた。

すでに篠や兄とも話をして、すべてを天下にさらして、お上の沙汰《さた》を待つと決めていた。

「と申しましても、我らも一方的に平井さまを追いつめるのは、心苦しく思っていましてな。そこで、藤治とその仲間に手を出さないと約束してくれれば、この読売は出さず、すべての話はなかったことにしたいと思います」

「奴らを見逃せと」

「抜荷の秘事を隠しておけるならば、たいしたことではないかと」

平井は沈黙《ちんもく》した。揺れる瞳が、右京の提案に気があることを示している。これもまた、狙いどおりだった。

「そうか。よかろう。ならば、奴らに手を出さすのはやめよう」

「さようですか。でしたら、その読売はさしあげましょう」

　右京は静かに立ちあがった。

「では、この件、藤治らに伝えてまいりましょう。ああ、その前に誓紙《せいし》を出していただけると、助かりますな。口だけではあてになりませんので」

「おぬしには必要なかろう」

　襖《ふすま》が開いて、平井の家臣が姿を見せた。

　数は十人。いずれも襷《たすき》をかけ、刀に手をかけている。

「藤治とその仲間は助けると言ったが、そこにおぬしは含まれておらぬ」

「私を野に放つわけにはいかぬ、と」

「そうだ。ここで始末する」

「けっこうな話ですが……いささか考えが浅すぎますな」

　右京は笑った。

「こちらの見込みどおりで、むしろ驚きますな。我らがなにも手を打っていないとお考えか」

「なんだと！」

「た、大変でございます。こんな読売が」

平井の怒声を遮《さえぎ》るようにして、障子が開き、家臣が飛びこんできた。

差しだされた読売を、平井はひったくって目を落とす。その顔に衝撃が走る。

「こ、これは、さきほどの読売ではないか」

「手は加えておりますので、違うものですよ」

「そんな言いわけは通用するか。貴様、約束を破りおって」

「命を狙われて、約束もなにもありませんな。これはすでに、町で売りさばいております。平井さまの悪事が、世の知るところとなりますな。ほら、それには、小野田家では当主が隠居し、長男が家督を嗣《つ》ぐ、と書かれてあるでしょう。これならば、お上も見逃してくれるかもしれませんな」

「よくも、おぬしら……」

平井は、みずから刀を抜いて迫る。

右京は指弾を放って、その動きを押さえこむと、かたわらの家臣から刀を奪い取り、平井の耳を切り落とした。

絶叫が響き、家臣たちが混乱に陥《おちい》る。

それに乗じて、右京は指弾と細千で、敵の囲みを突破していく。

屋敷を抜けだすまで、さして時はかからなかった。

第五話　しあわせ長屋の差配

一

「まったく派手にやってくれたね。右京」

五郎右衛門に言われて、右京は頭をさげた。さすがにばつが悪い。

「申しわけありません。もう少しうまくやるつもりだったんですが……」

「よく言うよ。みずから屋敷に乗りこんでいって、おとなしくするもなにもなかろう。端《はな》から、あの平井とやらを懲《こ》らしめるつもりだったんだろう」

「いささか腹が立っておりましてね」

「まあ、気持ちはわからないでもないが……後片付けをするこちらの身にもなってほしいね」

結局、平井幹左衛門の件は、表沙汰《おもてざた》にならなかった。

屋敷で右京が暴れたことすら世間に知られることはなく、いつの間にか幹左衛門は隠居し、息子が跡を嗣《つ》いだ。評判の悪かった家臣は雇い止めとなったものの、それについて平井家が語ることはなく、主立った家臣も沈黙《ちんもく》を守った。

わずかにあった変化といえば、屋敷の壁《かべ》に、隠居を揶揄《やゆ》する落首が書かれたことぐらいである。

小野田家も同じで、当主の藤兵衛は隠居後、三日にあげず病死し、藤治の兄が家督を嗣いだ。

抜荷騒ぎについては噂《うわさ》になったものの、若年寄《わかどしより》からきつく叱《しか》られただけでお咎《とが》めはなく、役目も受け継ぐことができた。最悪の事態はさけられたということで、藤治もほっとしていた。

大きな騒ぎにならなかったのは、五郎右衛門が積極的に動いてくれたからだ。右京から話を聞き、隠密頭領《とうりょう》としての伝手《つて》で、幕閣や奉行所に声をかけたのだという。

「このひと月は、働きづめだった。おまえさん、こんな鰻《うなぎ》だけで礼が済むとは思いなさるな」

五郎右衛門は、どんぶり飯に乗った鰻を丁寧《ていねい》に食べていく。

右京が連れてきたのは、深川西町《にしちょう》の名店、朝田庵《あさだあん》だ。鰻の蒲焼《かばや》きが美味《うま》いことで知られており、混雑する時期には行列ができる。

焼き加減もさることながらタレが絶品で、飯と一緒に掻《か》きこむと、甘味とも旨味《うまみ》ともとれる味わいが口の中で広がっていく。

酒をすすりながら飲むのが最高だと食通は言うが、右京は米と蒲焼きで十分だった。下手《へた》に酒が入ると、雑味が入ってよろしくない。

純粋に味を楽しむのであれば、よけいなつまみや飲み物はかえって邪魔だ。

右京は箸《はし》で切り取った蒲焼きを、口に放りこんだ。

やはり美味い。これで五年は生きていける。ほかになにがいるのか。

右京はしばし無言で、食事を進めた。

ふたたび話を切りだしたのは、食べ終わって白湯《さゆ》をすすってからだ。

「そのうち、ゆっくり酒を飲みましょう。これでしばらくは落ち着くでしょうかられ」

「本気でそう思っているのならば、死神右京も衰《おとろ》えたな。本番はこれからよ」

「そりゃあ、新しい店子《たなこ》が入って、いろいろ面倒は起きていますが……」

「そうじゃねえんだよ。ここのところ探りを入れている連中がいる。あの長屋のことをな」

「なんですって」

平井の件は表沙汰にはならなかったものの、裏では話が相当に広がった、と五郎右衛門は語った。

いわく、深川に妙に腕の立つ男がいて、それが、平井家と騒動を起こしたあげく当主の幹左衛門を叩き潰《つぶ》した。

しかも、それでいて処罰は受けなかった、と……。

「仕掛けてきたのは向こうですぜ」

「よいか悪いか、ではない。派手にやりすぎたのだ。気になる連中は気になって、裏を探っている」

五郎右衛門も、蒲焼きを食べ終えて箸を置いた。

「つつかれると面倒だぞ。下手をすれば、すべてが表沙汰になる」

「そいつはうまくありませんね。で、動いているのは、どこの連中なんで」

「まだわからねえが、深川のならず者らしい。ほかはどうかな。ちょっかいを出している者はいるが、まだ見えてこねえ」

「絞れませんかね。それだけでは、どうにもなりません」

「いまは無理だな。わからねえことが多すぎる」

五郎右衛門は大きく息をついた。

「とにかく気にかけていてくれ。俺たちの首が飛ぶぐらいならいいが、迂闊《うかつ》に動けば長屋の連中も巻きこまれるぞ。あいつらの泣く顔は見たくねえだろう」

「わかりました。気を配っておきます」

「ああ、頼む……と言いたいところだが、嫌でもかかわることになるだろうよ。なんと言っても、いまおめえの長屋は、騒動の種を抱えこんでいるのだからな」

右京は反論を試みたが、言葉をほんの少し並べただけで、途切れることになった。いきなり見知った顔が、店に飛びこんできたからだ。

「差配さん、大変。また長屋で喧嘩《けんか》がはじまっちゃったよ」

さよである。顔は真っ赤で、肩は上下している。

よほどの面倒が起きているのだろう。

横目で苦笑する五郎右衛門を見ながら、右京は立ちあがった。

二

右京が長屋に戻ると、殴りあいはひと息ついたところだった。ひとりと三人の争いで、尻餅《しりもち》をついた男が、残った三人を見あげる格好だ。

派手にやったらしく、洗い桶《おけ》や洗濯板がちらばっていた。便所の戸も壊れていたし、物干しの柱もひっくり返っている。板塀《いたべい》にも壊れた跡が見える。

長屋の住人が青い顔で見ていて、子どもたちはすっかり怯《おび》えていた。

「ほら、どいて。ちょっと入るよ」

右京は人垣を抜けて、井戸端に入った。

「ちょっと、おまえさんたち、なにをしているんだい」

「また、おまえか。よけいな口出しをするなよ」

凄《すご》んだのは三人のうちの顔に傷の入った男で、赤い小袖《こそで》が異様に目立っていた。

「かかわるな。引っこんでいろ」

「ならず者がなにを言うか。おまえさんたちが騒ぐおかげで、こっちは迷惑しているんだ。早く帰ってくれないかね」

「よく言う。騒ぎの種をまいているのは、そっちじゃねえか。そんな男をかくまっておいてよ」

傷のある男は、尻餅をついた相手を睨《にら》みつける。

「さっさと謝れば許してやるぜ。この田舎者が」

「御免《ごめん》こうむるね。この銀角《ぎんかく》、筋の通らぬことで詫《わ》びるほど、落ちぶれちゃいないんだよ。頭をさげるのは、そっちの馬鹿たちじゃないかね」

銀角と名乗った男は立ちあがって、三人を睨みつける。

傷の男よりも頭半分は大きい。肩幅も広く、胸板も厚い。

波の裾模様《すそもよう》が入った青の小紋を身につけ、帯は小倉帯だ。着物と同じ色の青い鼻緒《はなお》をつけた下駄《げた》を履いており、大股《おおまた》で前へ出ると、心地よい音が響いた。

銀角はせせら笑いを浮かべながら、傷の男を睨む。

「難癖《なんくせ》をつけておいて、よく言うぜ。狐組っていうのは、そんなに肝っ玉の小さい連中しかそろっていないのかね。なあ、三笠《みかさ》さんよ」

「なにを。この野郎、よくも」

三笠は殴りかかってきたが、それを銀角は軽く払いのけ、逆に腕をつかんで投げ飛ばす。

放られた樽《たる》のように三笠の身体は飛んでいき、長屋の壁に激突した。

「野郎」

残ったふたりが襲いかかる。

ひとりは素手だが、もうひとりは短刀を手にしている。

銀角は素手の男と対峙《たいじ》して、その腕をつかんでひねる。

見事な動きだが、背後がガラ空きで、そこに短刀の男が迫った。

そこを狙って、右京は指弾《しだん》を放つ。

男が短刀を落としたところに、銀角はもうひとりの男を投げつけた。ふたりは絡みあって転がり、三笠とぶつかった。

「おととい来やがれ。馬鹿野郎どもめ」

銀角は吠《ほ》えた
「いくらでも相手にしてやるぞ」

三笠たちは横に並んで銀角を睨みつけたが、挑《いど》みかかることはしなかった。顔を真っ青にして、長屋から出ていく。

「これまた、いろいろとやってくれたね」

長屋の住人が散ったところで、右京は銀角に声をかけた。

「長屋がめちゃくちゃだ。直すのにお金もかかる。もう少し、うまくできなかったのかい」

「しかたねえだろう。向こうが仕掛けてきたんだから。こっちは、中川組《なかがわぐみ》で組頭《くみがしら》を張っている銀角だ。舐《な》められたら引くわけにはいかねえんだよ。ましてや、相手は狐組の連中だからな」

狐組は佐賀町にねぐらを持つならず者の集団で、右京とも何度か事をかまえてきた。現に、組の若頭であった雄三は、右京がひそかに始末している。

それを知られているのかどうかはわからぬが、こちらをよく思っていないことは確実で、佐賀町に出向くと、狐組の一党が血相を変えて右京に絡んできたりもする。

三笠たちの消えた先に、右京が目を向けていると、銀角がその肩を叩いた。

「大丈夫だよ。俺がいるかぎり、この長屋には指一本、手出しはさせねえ。まかせておけって」

大声で笑ったので、何事かと長屋の者たちが見つめる。

銀角は、彼らを見て手を振った。

その顔には、不思議なほど愛嬌《あいきょう》があった。

三

銀角が長屋に入ったのは、ひと月前のことだった。家財道具をほとんど持たずに姿を見せ、いかさま師の弥次郎が去って空いていた部屋に入った。

やくざ者だとわかったのは、その三日後だった。

長屋の前で派手な立ちまわりを演じ、危《あや》うく町方に見つかるところを、右京がかばった。岡っ引きがいなくなったところで尋ねてみると、中川組の親分から杯をもらっていると語った。

いままで問題のある者はいたが、さすがにやくざ者ははじめてだった。

家持からの紹介だったので、念のため確認を取ると、世話になった方の知りあいなので、ぜひ面倒を見てくれ、と言われた。

ただでさえ騒動が多くて困っているのに、やくざ者が加わればどうなってしまうのか。

だが、右京の懸念とは裏腹に、銀角はすでに長屋の一員として認められていた。うめにしろ、文太にしろ、荒くれ者には慣れており、敵ではないとわかれば、快《こころよ》く受け入れるだけの度量はある。幼いさよにしても、それは同じだ。

だとしても、やはり銀角には、人を惹《ひ》きつける愛嬌があるのだろう。

その一方で、争い事は増えた。

銀角は、なるべく長屋には騒動を持ちこまないようにしていたが、それでも血の気が多い男なので、喧嘩を売られればかならず買う。

三日前には仙台堀で激しく殴りあいを演じていたし、一昨日には、玄信寺の門前で香具師《やし》の一党と睨みあいになった。

今回のように仕返しにこられたのも、はじめてではない。

「さて、どうしたものか」

右京は思わずつぶやいた。

八月もなかばを過ぎ、吹き抜ける風にさわやかさを感じるようになった。

空は青く、風に押されて鯖雲《さばぐも》が流れている。

暑い盛りはおとなしかった江戸の民も、新たな楽しみを求めて、市中を出歩くようになる。八幡さまには参拝客が数多く訪れ、茶屋で甘酒を楽しんでいたし、門前町では、大店《おおだな》の若旦那《わかだんな》が取り巻きを連れて騒いでいた。

虫売りが腰をおろすと、涼しげな鳴き声を求めて子どもたちが寄ってくる。

萩《はぎ》の花が美しい季節を迎えて、右京は秋のはじまりを力強く感じていた。

風に吹かれるまま門前町を抜けていくと、左方向に三十三間堂が見えた。

深川三十三間堂は江戸の名所のひとつで、当初は浅草に建てられていたが、火災に遭い、再建時にいまの場所に移されたと言う。

本尊は神祖《しんそ》家康《いえやす》で、馬に乗り紋《もん》の入った陣羽織《じんばおり》を着た像とのことだ。

以前は千手観音《せんじゆかんのん》であったが、文政《ぶんせい》のころ、三十三間堂を修復したときに町年寄が願い出て、千手観音を堂の南に移し、あらためて神祖家康の像を本尊として、御紋の入った戸帳《とちよう》と紫《むらさき》の御紋幔《ごもんまく》を打った。

元禄《げんろく》の御世《みよ》には、梶川《かじかわ》某《なにがし》の子が十二歳で一万十一本の通し矢を射て、百石の恩禄を賜《たまわ》ったという伝説もある。

参拝客目あての店も目立ち、昼間から女のカン高い声が響いている。

ゆっくり三十三間堂に向かうと、見知った顔があった。

先だって派手な喧嘩をした、銀角だった。道の端っこを人にぶつからぬように気を使いながら、横道に入っていく。

おやおや、ちょうど彼のことを考えているときに出会うとは。

これも縁か。

右京は、気のおもむくままにあとをつけた。

銀角は三十三間堂と深川八幡の間を抜け、油堀川《あぶらぼりかわ》にぶつかったところで右に折れて、永居橋《ながいばし》を渡った。

足を止めたのは、深川大和町に隣接する武家屋敷の手前に達したときだった。

ちょうど船からおりてきた男に頭をさげた銀角は、なにかを語りかけた。

相手の町民は鷹揚《おうよう》にうなずき、武家屋敷に向かう。銀角も、それに続いた。

気になった右京は、ふたりに近づいた。

「それで、どうだ？　長屋のほうは」

男の声は低く、遠耳の術を使っても聞き逃しそうであった。

「なんとか。狐組の連中は、追い払っておきました。ちょいと暴れましたが、差配がうまくおさめてくれましてして」

「やってくれるな。なんでおめえは、見境なく手を出すんだよ」

「しかたねえんですよ。気づいたときには、踏みこまれていましたから」

「思ったようにはいかねえか。それで、あの長屋に変わったことはあったか」

男の声に、銀角は薄く笑って応じた。

「別になにも。差配も長屋の者も、あいかわらずで」

「変な動きをした奴はいなかったか」

「それもまったく」

「わかった。なら、いいや」

男は、銀角の肩を叩いた。

「おめえをあそこに置いているのは、あの長屋を狐組から守るためだ。あいつらのやることはえげつねえ。町方につつかれねえようにしながら、連中を助けてやれ」

「へい。それは、もちろん。ですが、いったい、どういうわけなんで」

「細かいことはいいんだよ。おめえはやるべきことをしっかりやるんだ」

「わ、わかりやした。親分」

親分ということは、あの男が中川組の親分なのか。

たしか、又蔵《またぞう》とか言ったか……。

小肥りではあるが、思いのほか足は速く、動きもすばやい。

「わけあって、ほかの手下は動かせねえ。おまえにまかせるしかねえんだから、しっかりやってくれよ。おめえならできると思ったからこそ、送りこんだんだ。おっと……」

しゃべりすぎたな、と言いながら、又蔵は照れくさそうに笑った。それを見て、銀角も笑った。

ふたりは、しばらく並んで歩き、武家屋敷が途切れたところで別れた。

右京は又蔵のあとをつけた。

又蔵は、蛤町の小道を抜けて、海福寺《かいふくじ》方面に向かう。右に左にと何度となく曲がり、速さも増していた。

右京もそれにあわせて動いたが、海福寺の裏手に入ったところで、又蔵は出しぬけに走りだした。いきなりのことだったので、右京はついていけず、曲がり角に達したときには姿を見失っていた。

隠密の手から逃れるとは、ただ者ではない。

長年、追われてきた経験から生まれたのか。あるいは、もっと別の理由で手に入れた能力なのか。

気をつけるべき相手であることを認識して、右京は帰り道についた。

むろん、反対にあとをつけられていないか、確認をしながら。

四

長屋に戻ると、さよが出てきたところだった。大きく息をついて、天を見あげる。

「おお、さよ、ちょうどよいところに」

「あ、差配さん、お帰りなさい」

「お土産《みやげ》を買ってきたよ。あとでお食べ」

「あ、これ、一色堂《いっしきどう》さんのお団子《だんご》ですよね。蛤町の。母が大好きなんです」

「そうだろうと思って買ってきた。渡してくれないか」

はいと返事をして、さよは長屋に入ったが、すぐに出てきて頭をさげた。

「母が、ありがとうございましたって伝えてくれって」

「そうかい」

右京はさよの長屋を見る。

「それで具合はどうだい」

「だいぶよくなりました。でも、まだ身体を動かすのは難しくて。ちょっと歩くだけで、ふらふらしてしまうので」

「それはいけないね」

母親の体調は芳《かんば》しくなく、ここのところ身体を起こすだけで精一杯の日々が続いていた。医者に診《み》てもらう余裕はなく、回復は自然にまかせるしかない。

たまに咳《せ》きこんでいる姿を見ると、右京の胸も痛くなる。

長屋の者も気を使って、卵や鶏といった精のつく品を分け与えたりしている。

大変であろうが、さよはそれを人に感じさせることなく、いつも陽気に振る舞っている。

「今年の夏もきつかったからね。涼しくなって落ち着けばいいんだが」

「まだつらそうで。いつもは秋になると、よくなっていたんですが」

「大丈夫だよ。時をかければ、いずれよくなる」

右京は井戸端《ばた》で、さよに語りかけた。

「すまないね。ここのところ騒々しい日が続いて」

「銀角さんのことですか。しかたないですよ。ならず者が勝手に踏みこんできたんですから。うめさんが止めようとしたんですが、まったく駄目で。あのままだったら、うめさんが殴られていましたよ」

「まったく、あの人は。無茶をしないよう言っているのに」

「でも、銀角さんが止めてくれたから大丈夫でした」

さよは笑った。

「どういう人かよくわかりませんけれど、私は銀角さんのこと好きですよ。挨拶《あいさつ》はきちんとしてくれるし、話すときも大声を出すようなことはしませんし。母のこともいろいろと気を使ってくれて、この間、いい薬師《くすし》を紹介してくれました」

「ほう。それは」

「この長屋は住んでいて、気分がいい、とも言っていました。建物は汚くて、いつ壊れてもおかしくなさそうだけど、中に住んでいる人たちは芯が通っていて頼りになるって。心持ちがきれいだから、住んでいて楽しくなるんだって話をしてました」

「おやおや、渡世人とは思えないような言いまわしだね」

「優しいんですよ。やっぱり」

さよは手を組み、うーん、と声を出しながら、前に大きく伸ばした。

「ずっと住んでいてほしいけれど、どうなるかな。すぐに出ていきそうな気もするし」

「どうして、そう思う」

「だって、ここ、人の出入りが激しいじゃないですか。入ったと思ったら、すぐに出ていっちゃう。去年の秋に入った、ときちゃんやかねさんだって、もういないんですから。なにか不思議ですよね」

右京はなにも言わなかった。

しあわせ長屋の住民は、特別な事情を抱えている者が多く、それが片付けば出ていってしまう。ときにしても、玄艶にしても、弥次郎にしてもそうだ。

藤治はまだ部屋は押さえているが、いずれいなくなるだろう。

もっとも長い住民がうめであり、それに次ぐのが学者、そして、文太とさよの家族である。おそらく彼らも、いずれ長屋を去る。

「でも、それでもいいと思うんですよね」

「どうしてだい」

「長屋を出ていく人は、みんな幸せそうな顔をしていたから」

さよは右京を見た。

「みんな、思うところは違うかもしれないけれど、最後は笑って出ていった。ときちゃんはお父さんに会えて、本当に嬉《うれ》しそうだったし、玄艶さんも絵が描けて、とても嬉しそうだった。ほかの人も、笑いながら去っていった。だから、いいと思うんです」

「そうか」

「あたし、ここがしあわせ長屋って名前なのは、住んでいる人が幸せになるからだと思ってたんです。でも、ちょっとだけ違っていましたね。幸せをつかんで、出ていくところなんですね、ここは」

将軍徳川家慶は、しあわせ長屋を造るにあたって、できるだけ多くの町民を幸せにせよ、と語った。

その意を受けて、家持と町名主は、事情のある者を長屋に受け入れ、立ち直る機会を与えている。

いわば、しあわせ長屋は心と身体の休息所であり、なにが幸せで、なにをすれば望む居場所にたどり着けるのか、ゆっくり考える場所と言える。

だからこそ、なにをすべきかわかれば、皆、出ていく。

そこに一抹《いちまつ》の寂しさはあるが、明るい顔で長屋を去っていく情景を見るのは、やはり嬉しかった。

「あ、でも、残っている人が不幸かって言われると、そんなことはないですよ。

あたしも母さんもちゃんとやっているし。うめさんも文太さんも。それに出ていった人たちを見れば、自分たちもああなるって思うことができる」

「本当におまえさんは、頭のいい子だね」

さよは常に前を向いていた。

決して幸福とは言えない境遇に置かれながら、よくこの心持ちを保っていられるものだ。ひねくれないのは、心根が本当に素直だからだろう。

そう右京が言うと、さよは照れくさそうに笑った。

「そんなことはないですよ。あたしだって、同じ年頃の女の子がいい着物を着て歩いているのと、なんで、あそこの子にならなかったかなと思っちゃう。でも、長屋に戻って、皆と話していると、気が和《なご》んで忘れちゃうんです。とくに差配さんと話していると、すっと心が軽くなる」

「私とかい」

「差配さんは、ちゃんと私を見てくれているから。元気のないときには、どうしたって言ってくれるし、嬉しいことがあったときには、話を聞いて一緒に喜んでくれる。母さんの具合が悪いときには、それとなく様子を見てくれるし。本当に助かっている」

さよはそこで頭をさげた。

「だから、これからもよろしくお願いします」

右京が答える間もなく、さよは駆けだし、長屋から飛びだしていった。

若い娘の弾けるような振る舞いに、思わず笑顔が浮かぶ。

そう思ってくれていたのか……。

たしかに右京は、さよを気にして、しきりに声をかけていた。よけいなことをしているのでは、という不安もあったが、どうやらそうではなさそうだった。ちゃんと、気持ちは届いていた。

右京は心温まるのを感じた。いままでとは違う勇気がこみあげてくる。

「できることはしておかないとね」

差配として長屋を守る。よけいな連中には手を出させない。

決断をくだすと、右京は自分の部屋に戻って、準備をはじめた。


その後、しばらくは穏やかな日々が続いた。

狐組は、それまでの仕掛けが嘘《うそ》のように姿を見せなかった。長屋の周囲で起きていた騒ぎもぴたりとおさまり、住民が喧嘩に巻きこまれることもなくなった。

秋の空気が漂うなか、右京は静かな生活を送っていた。

流れが変わったのは、九月に入り、町行く人々が秋の日々を楽しむようになった頃合いだった。

五

外からの荒々しい声で、右京は目を醒《さ》ました。一瞬で跳ね起きると、すばやく着替えて表に出る。

縦にも横にも大きな男たちが、徒党《ととう》を組んで押し寄せてきていた。派手な小袖を着て、髪は銀杏《いちょう》に結っている。

力士だ。相撲《すもうと》取りの一団が、しあわせ長屋に押しかけて、声をあげているのだ。

野太い声が、立て続けに響く。

そんななか、文太が大声で反論している。

「知らねえよ、そんなこと。俺はちゃんと仕事をしたぞ」

肉の壁にはばまれて、なにが起きているのかよくわからない。

懸命に、右京が力士を押しのけて前に出ると、文太と目つきの悪い力士が睨みあっていた。

「あんたら、どこの部屋の者だい。こんなところに勝手に出てきていいのかよ」

右京の問いかけに、先頭の力士が無愛想に答える。

「親方が世話になっている方が、手抜きの普請《ふしん》をされて、頭を痛めていると聞いた。だから来た。それだけだ」

彼の顔は知っていた。たしか、丸山権左衛門《まるやまごんざえもん》とか言ったたか。

町の外れでおこなわれる賭《か》け相撲に参加する力士で、深川の大店に抱えられている。相撲部屋に属しているわけではなく、普段は飯場で仕事をし、賭け相撲のときに呼ばれて、土俵《どひよう》にあがる。

まっとうな人物で、悪さをする渡世人を懲らしめるとも聞いていたが、文太に文句をつける姿を見ると、そこらのならず者と変わりがない。

右京は無理に前に出て、声をかけた。

「いったい、なにがあったんだ」

権左衛門が右京を見おろす。本当に身体が大きい。

「あんた、何者だ」

「この長屋の差配だよ。文句があるなら、私が聞く」

「いま言ったとおりだ。この大工が、普請で手を抜いたんだ」

権左衛門が太い声で語る。巨体ゆえに、凄《すさ》まじい迫力がある。

「木場の先に寮を建てたんだが、それがひどい出来らしい。雨漏《あまも》りはするわ、棟梁隙間風《すきまかぜ》が通るわで、とても使い物にならない。親方の知りあいに代わって、棟梁に話をしにいった。すると、この文太って男が、普請のほとんどをやったらしいじゃないか。だから、手直しをさせる」

「何度も答えただろう。手抜きなんか、いっさいしてねえって」

文太は反論する。

「あの寮は、世話になった棟梁に頼まれた仕事で、手間暇《てまひま》かけて普請した。棟上《むねあ》げだって、念入りにやったし、屋根葺《やねふ》きだって頼りになる者を呼んだ。だから、雨漏りなんて起きるはずがねえんだ」

「俺たちは、ひどい目に遭ったと聞いた」

「それを言うために、この一党を率《ひき》いてきたのかい」

力士は十二人ほどである。巨体がこれだけそろうと、異様な迫力だ。

「だから、なにかの間違いだって言っているだろ」

文太も江戸の大工だ。文句を言われても怯《ひる》むことはない。

「文句をつけた奴の目が、節穴なんじゃないのか。じゃなきゃ、わざわざ自分で家じゅうに穴を空けたか。馬鹿相手に付き合うつもりはないね」

「馬鹿とはなんだ」

権左衛門が突き飛ばすと、文太は文字どおり吹っ飛んだ。長屋の前を転げまわって、壁にしたたかに頭をぶつける。

「文句を言う奴は許さん」

権左衛門がうなずくと、仲間が近くの桶や箒《ほうき》を持ちあげて激しく暴れた。引き戸や庇《ひさし》がたちまち壊され、木片があちこちに飛び散る。

文太は立ちあがり、権左衛門に挑《いど》んだが、あえなく弾き飛ばされてしまった。その額から血が流れる。

右京は指弾を取りだしたが、放つことはしなかった。

ここでは人目が多すぎるし、なによりも、果たして力士に通用するかどうかわからない。

長屋の住人は右京に注目しており、ここで迂闊な動きはできない。

とにかく文太を助けようと駆け寄ったとき、威勢のよい声が聞こえた。

「なんだよ。でかい図体の連中がよってたかって、素人《しろうと》を狙ってよ。恥ずかしくないのかい」

銀角だ。長脇差《ながわきざし》を片手に、力士を睨みつけていた。

「相手なら、俺がするぜ。まあ、かかってこいよ」

「よくも、そんな口を。生意気な」

権左衛門が挑みかかると、銀角は長脇差を棄《す》て、真っ正面から受け止めた。

ふたりは正面から、がっちり組みあう。四つになったまま動かない。

自力に優《まさ》る権左衛門は押し倒そうとするも、銀角は踏ん張って、それを食い止める。

それ、がんばれ、という声があがる。

うめも、やっちまえ、と拳《こぶし》を振りあげながら叫んでいた。

権左衛門は右の上手を取ろうとするが、銀角は巧みに切って、それを許さない。

耐えかねて、権左衛門が下手投げを打ったところで、銀角は相手の両脇に手を突っこみ、そのまますくい投げを放った。

力まかせの一撃に耐えられず、権左衛門は頭から崩れ落ちる。

「どうでえ。見たか」

銀角が息を切らせて笑うと、わっと歓声があがった。

長屋の連中は、手を振りあげて喜んだ。

「素人《しろうと》に投げられるとは、無様《ぶざま》だな。ほら、人も来るぞ。これ以上、恥をさらしたくなければ行っちまえ」

権左衛門は立ちあがると、しばし銀角を睨みつけた。仲間もにじり寄るが、銀角が前に出ると、ゆっくりさがった。

銀角があたりを見まわすと、さらに力士たちはさがっていく。

「行くぞ」

権左衛門が声をかけ、力士の一団は口々に捨て台詞《ぜりふ》を吐きながら去っていく。

全員の姿が消えたところで、長屋の住人は銀角に駆け寄った。口々に賞賛の言葉をかけていく。そのなかには、さよの姿もあった。

「よくやってくれたね。助かったよ」

「なに、これぐらい、たいしたことはないさ」

右京が声をかけると、銀角は笑った。

「すまないが、文太のこと、頼むよ。私はちょっとやることがある」

右京は裏店《うらだな》から出ると、力士たちのあとをつけた。

ここのところ静かだったしあわせ長屋に、いきなり連中が押しかけてきた。これには間違いなく裏がある。

力士の一団は、渡辺橋《わたなべばし》を渡って霊巌寺《れいがんじ》へ向かっていたが、そこでひとりだけ離れて浄心寺の裏手にまわった。

右京は直感を信じて、その力士のあとをつける。

せまい道を抜けて、浄心寺門前から深川山本町に出たところで、力士は足を止めた。左右を見まわしていると、茶と黒の縞《しま》を着た男が歩み寄ってきた。

その顔を見て、右京は驚いた。

又蔵だった。中川組の親分で、銀角の面倒を見ていた者がなぜここに。

悟られぬように近づくと、声が聞こえてきた。

「どうだ。うまくやったか」

「はい。渡世人が邪魔してきましたが、長屋は引っかきまわしました」

「よし。これからもうまくやれ。あおって、あの長屋がいわくつきだと思わせるんだ」

「店子を出ていくように仕向けるので」

「よけいなこと言うな。おまえは、俺の言うとおりに動いていればいいんだ」

叱られて力士は頭をさげ、その場から離れた。

又蔵は左右を見まわすと、仙台堀の方向へ足を向ける。

意を決して、右京は又蔵のあとをつけた。前回、失敗しているので、隠形《おんぎょう》の術を使い、悟られぬように気を使いながらの追跡だった。

途中、又蔵は細かく曲がり、何度も振り返って、あとをつけられていないかどうかを確かめていた。

わざと曲がり角から戻ってきて、様子を確認したこともあった。

右京はそのたびに横道に身を隠し、時には棒手振《ぼてふり》に声をかけて買い物をするふりをしながら、又蔵の目をかわした。

ようやく長い尾行《びこう》を終えてたどり着いた先は、佐賀町の稲荷に近い裏店《うらだな》だった。

又蔵が声をかけると、派手な着物をした男たちが飛びだしてきた。

彼らの顔を見て、右京は思わず息を呑《の》む。

先だって、長屋を襲った狐組の一党だった。

六

「うちの長屋を狙っているのは、佐賀町の狐組です。間違いありません」

洲崎の茶屋で、右京は話を切りだした。相手は五郎右衛門で、ひどく渋い顔をしている。

「調べるのに手間取ったのは、申しわけなく思っていますが」

「しかたがない。嫌がらせは、ずっと続いていたのだろう」

「そりゃあもう。ひどいものでした」

力士が荒らしたあとも、しあわせ長屋への嫌がらせは続いた。

権左衛門とその一党は何度か現れ、文太に文句をつけた。

手抜きはしていない、と言い張る文太に、力士は不満をぶつけ、普請をやり直せと一方的に迫った。

右京は、何度か両者立ちあいのもとで、本当に手抜きかどうかを確かめてはと提案したが、そのたびに文句をつける者が出てきて、うまくいかなかった。

一度は権左衛門も、右京の話に同意しかけたが、子分の力士が暴れまわって、それもうやむやになった。

狐組のならず者も姿を見せ、長屋に嫌がらせをした。質《たち》の悪いことに、彼らは暴れることはせず、糞尿《ふんにょう》をばらまいたり、根も葉もない悪い噂《うわさ》を大声で話したりと、いかにも陰湿なやり口であった。

おかげで、近所の住民だけでなく、隣町の家持や大家までもが大挙して、しあわせ長屋に文句をつけにきた。変な店子を置いているのでは、といちいち長屋を見てまわったほどだ。

町方も顔を見せ、右京を番屋まで連れていき、店子について細かく尋ねた。金を握らせて追及をかわしたが、それでも一度は、番屋に店子全員を呼びだして話を聞く、とまで言い放ったのである。

なにか事が起きるたびに、悪評が誤解であることを、右京は懇々《こんこん》と説明していった。

近所の大家や、表店《おもてだな》の借り主とも、何度も話しあいを重ねた。

右京の長い説明を、五郎右衛門はしばし無言で聞いていた。

質問に移ったのはひととおり終わってからで、それは執拗《しつよう》に長く続いた。とりわけ、件《くだん》の力士たちについて、居所から名前、その姿形まで、わかるかぎりを細かく尋ねた。

「よくやったね。おまえさんは辛抱強《しんぼうづよ》いよ」

五郎右衛門の言葉に、右京は頭をさげた。

「しかたありません。差配ですから」

「並の差配なら、そこまでやらないよ。立派なものさ。おまえさん、本当にあの長屋が好きなんだねえ」

隠密時代にも聞いたことのない褒《ほ》め言葉に、右京はひどく照れた。

「お頭のほうはどうですか」

「見立ては同じだな。狐組が動いていることは、たしかだ」

五郎右衛門は白湯をすすった。大事な話をするときは、いつもそれだ。酒を飲むことは決してない。

「しあわせ長屋を押さえれば、門前町への足がかりになる。八幡さまとその一帯は、長いこと橋口組《はしぐちぐみ》とその一党が押さえているからな。なんとか切りこみたいと思っているんだろうよ」

「それだけですか。渡世人の縄張り争い程度ならば、話は簡単ですが」

「残念ながら、ちょいと面倒なことになっている。武家が絡んでいてな」

「どこぞの旗本が、狐組と組んでいるようなのだ。ほら、例の平井幹左衛門の件で、しあわせ長屋に目をつけたのだろう。なにかが裏に隠されているとでも思ったようでな」

「なんと」

隠蔽《いんぺい》したのが裏目に出たのか。

右京は顔をゆがめたが、すぐに五郎右衛門のやわらかい声で助けが入った。

「気にするな。あの一件がなくても、その旗本はしあわせ長屋を探っていただろうよ。とにかく、深川でひと儲《もう》けしたいのさ。どこかの長屋を押さえ、悪さをするつもりだったらしい。それがちょっと早くなっただけさ」

「されど、ここまで動いてきたのは」

「まあ、厄介だな。本当に狐組とがっつり手を組んでいるのだとしたら、武家を相手に戦うことになるぞ」

「うまくありませんね」

このまま悪さが続けばどうなるか、右京には予想がついている。

大事になる前に、お上は手を打ってくる。よくて長屋は取り潰《つぶ》し、悪くすれば、店子がつまらない罪を押しつけられて、深川から追いだされる。

将軍と長屋の関係は、決して知られるわけにはいかない。将軍みずからが貧乏長屋を建てるなど前代未聞《みもん》の出来事で、露見すれば大きな醜聞《しゅうぶん》になる。

そうなる前にすべてを薙《な》ぎはらい、なかったことにすると右京は踏んでいた。

雲の上の権力争いになどまったく興味はないが、さよや文太が路頭《ろとう》に迷う姿は絶対に見たくない。よけいな罪を背負わせるのも、まっぴらごめんだ。

「どうする。死神右京。このままにしておくかい」

五郎右衛門の瞳が妖《あや》しく輝く。

これぞ頭領の光だ。何度となく踊らされ、そして助けられた。

「……攻めますかね。狐組に長屋は渡せないんで」

「連中は手強いぞ。力士も敵方についている。守りきるのは容易でなかろう」

「わかってますよ。ですから、逆の手を打ちます」

「なんだ」

「長屋を奴らにくれてやるんです」

右京が言いきると、さしもの五郎右衛門も、しばらく口を開けたままだった。

七

深川猿江町《さるえちょう》の裏店に入ると、右京は見知った顔を見かけた。惣髪《そうはつ》で赤い小袖を身にまとっている。長脇差を肩に乗せて、さんざんに振っている。

「ひさしぶりですな。えっと……」

「三笠だ。前にも会った」

「手前は右京。お見知りおきを」

三笠は首を振った。入れと言うことらしい。

右京が空を見あげると、黒い雲が一面に広がっている。湿気も九月とは思えないほど厳しい。

横から吹きつける風は強く、激しく裏店の壁を叩いていた。

飛んできた塵《ちり》を払いながら、右京は裏店にあがった。

右京があがった裏店は、四畳半の板間の奥に、六畳の座敷があった。その間は障子《しょうじ》で仕切られており、板間には目つきの悪いならず者が集まっていた。

深川の外れとはいえ、いかにも柄《がら》が悪い。このあたりの裏店は、狐組の息がかかった者しかいないのだろう。

障子が開くと、男が手を振った。

座敷で待っていたのは、又蔵だった。いつもと同じ、茶と黒の縞《しま》を身につけている。

さすがに右京も驚いた。裏でつながっているとは予想していたが、なぜ中川組の親分がこの場にいるのか。

「今日は、狐組の頭と話ができると、うかがったのですがね」

右京が腰をおろすと、又蔵は長火鉢《ながひばち》で煙管《きせる》を叩いた。

「そうさ。俺が狐組の頭領だよ」

「お頭は、狐の又右衛門と聞いておりましたが」

「あれは、表向きよ。町方に追われて、いろいろと面倒なのでな。又右衛門は名前だけで、実際には俺が仕切っている。ずっと前からな」

「どちらも頭領は同じじと」

「そういうことだな。うまく騙《だま》されただろう」

なんてことだ。又蔵は中川組と狐組を束ねていたのか。このふたつがしあわせ長屋をめぐって争っているなら、茶番もいいところだ。

思わぬ展開になったが、手をこまねいているわけにはいかない。ここで勝負をかけなければ、すべてが終わる。

右京は話を切りだした。

「本題に入ってもよろしゅうございますか」

「おう、俺たちに長屋をくれるって話だったな」

「はい。正直、愛想がつきました」

右京は、さんざん家持に振りまわされて困り果てている、と語った。

変な店子を紹介され、店賃《たなちん》を集めるだけでも手間がかかる。町方にも目をつけられており、岡っ引きがさんざんに強請《ゆす》ってくるので、金がいくらあっても足りない。

極めつきは、力士だ。あんな連中に襲われては、とてもやっていけない。家持に相談したが、まったく聞く耳を持たない。

「差配を務めれば、おこぼれにあずかると楽しみにしていたのですが、やってみれば苦労ばかり。店子は好き放題言い、家持はもっと働けと怒鳴るだけ。あちこち振りまわされて、やっと面倒を片付ければ、次の面倒が生まれる。もう、やっていられません」

「なるほどな。大変なことはたしかだろうよ」

「だから、狐組の方々に味方したいと思います。もう少し儲かる話をくださるのならば、いくらでも言うことを聞くのでね」

「話としてはおもしろいが、にわかに信じることはできねえ。おまえさんには、さんざんに泣かされてきたからな」

「店子を守るために力を尽くしただけ。悪気があったわけではございません」

右京は、懸命に下卑《げび》た表情を取り繕《つくろ》った。

これが彼の策だった。

あえて長屋を狐組に差しだし、相手の混乱を誘う。それが彼の策だった。うまく引っかかってくれれば、それでよし。駄目でも、狐組を揺さぶり、つけいる隙を見いだせるだろう。

いちばんの懸念は、狐組の若頭である日暮れの雄三のことだった。長屋を襲ってきた雄三とその手下たちを、右京は人知れず闇《やみ》に葬《ほうむ》っている。

だが、慎重に探ってみたところ、どうやら右京の仕業だとは思われていないようだった。

たしかに、目障《めざわ》りな長屋の差配ではあろうが、まさかやり手の渡世人たちを箇単に始末できるとは、夢にも思ってないに違いない。

むろんこの策で最後まで騙しきるためには、ほかにも工夫が必要だ。そのため
の手筈《てはず》も考えていて、手元に用意していた。

「いかがなものでしょう」

右京は次の策を繰りだすべく、懐《ふところ》から偽《にせ》の手紙を取りだした。

これを読めば、家持が差配を変えようとしていて、それに反発した右京が狐組
に近づいたのだと、信じやすくなるだろう。

「どうぞ」

右京は手紙を差しだしたが、又蔵は受け取ろうとしなかった。視線を逸《そ》らした
まま、煙管をふかしている。

どうにもおかしい。関心すら持たないのは、変だ。

右京がなおも手紙を読むようにすすめると、又蔵は冷たく言った。

「いや、そんなものはいい」

「ですが、これを見ていただければ……」

「いいと言っているだろう、死神右京。馬鹿にするなよ」

一瞬で、右京の背筋は凍った。

まさか、気づかれていたのか。

「気づかれないと思っていたか。残念だったな」

又蔵は笑った。

「俺は、五年前、あんたと同じところで仕事をしていたんだよ。あの上杉家を探っていたときにな。もっとも、俺は下働きで雇われただけで、直《じか》に話すことはなかった。ただ、その働きは逐次《ちくじ》、見させてもらったよ。あの糸を使った技は見事だった。伝説の隠密殺しと言われるだけのことはあったね」

右京は答えなかった。

「今回、あの長屋を攻めるにあたって、はじめて下調べにいった。そこでおめえさんの顔を見て、声が出そうになったよ。さすがに、あの死神がいるとは思わなかったからね」

「………」

「雄三が死んだと聞かされたときから、おかしいと思っていた。あいつは腕はたしかで、簡単にやられるようなやつじゃなかったからな。くわしく調べたかったが、そのときは町方に追われていて、それどころじゃなかった。すぐに長屋に行けばわかったのだがな。迂闊《うかつ》だったよ」

又蔵は嘲《あざけ》るように笑った。

「あんたが相手だったら、いかに雄三でもかなうめえ。分が悪すぎる。そこで思った。なぜ、おまえさんがあの長屋にいるのかってな。死神を置かなければならないほど、大事ななにかが隠されている。そんな気がしてならなくて、本気で仕掛ける気になったってわけだ」

右京の存在が、かえってしあわせ長屋が特別であることを知らしめてしまったようだ。なんとも皮肉《ひにく》な話である。

「だからよ、話してくれれば信じてもいいぜ」

「なにをでございますか」

「あの長屋になにがあるのか。どうして、死神とまで呼ばれた凄腕《すごうで》の殺し屋が、あんなぼろ長屋を守っているのか。それを聞かせてほしいんだよ」

又蔵は身を乗りだしてきた。その目は、いかにも策士らしい、どぎつい輝きを放っている。

右京はおのれの失敗を悟った。

正体が知られていたのでは、どんな甘言《かんげん》を弄《ろう》しても見破られるだろう。

又蔵はすべてを知ったうえで、右京をおびきだしたわけで、攻めに出た彼の策略は見事に逆手にとられてしまった。

後退することはできないが、打開策も思い浮かばない。

右京が黙っていると、雨戸が激しい音を立てはじめた。

雨が降ってきたらしい。風もひどくなっており、古い長屋が左右に激しく揺れる。

轟音《ごうおん》が屋敷に響く。あたかも、建物が滝に打たれているかのようだ。

軋《きし》む音を聞きながら、右京は必死に考えた。

そのうえで決断をくだした。

「わかりました。お話ししましょう」

退くも進むもできぬのであれば、攻めるだけだ。

捨て身で仕掛けてこそ、物事は動く。

「頼むぜ」

「じつは、あの長屋には、小判《こばん》が眠っています。正確な額はわかりませんが、五千両はくだらないものかと。どうやら深川が開きはじめたころ、上州で名を馳《は》せた赤目《あかめ》とか申す者が隠したようで。江戸でもさんざん荒らしまわったあげく、あのあたりに宝を隠して、本人は上州に帰りました。そのときに殺されてしまったというわけで」

「ふーん。おもしろい話だねえ」

「かの葵小僧《あおいこぞう》も、深川で探っていた様子で。書状が残っています」

右京は手紙を渡した。もちろん真っ赤な偽物で、文面は右京が書いた。古く見えるように、紙には汚れをつけている。二の矢として、右京が念のため用意していたものだ。

又蔵は一瞥《いちべつ》すると、小さく笑った。

「よくできているが、さすがに、こんなネタには騙されないよ。さんざん、得体の知れないお宝には振りまわされてきたからなあ。もう少しうまくやってくれないと、引っかからないぜ」

又蔵が長火鉢に放りこむと、手紙はまたたく間に灰になった。

「さて、本当のことを言ってくんな。さもないと、おまえさんの話には乗れないぜ。嘘つきに振りまわされるのは、ごめんだ」

「……わかりました。それでは」

右京は腹をくって、話を切りだした。

「じつのところあの長屋は、将軍さまの肝煎《きもい》りで建てられたのです」

「なんだって」

若きころの将軍が亀戸天満宮にお忍びで出かけたときに、体調を悪くし、町民に助けられたこと。その礼にと言われて、不幸な町民を救うための長屋を造ってほしいと願ったこと。それを受け入れ、しあわせ長屋が建てられて、いまだに特別な扱いを受けていることを語った。

差配に選ばれたのは、その秘密を守るためだとも説明した。

目を丸くして、又蔵は右京を見ていた。

すべてを暴露《ばくろ》した。なにひとつとして、嘘はついていない。

又蔵は黙っていた。それは思いのほか長く続いたが、雨戸がひときわ大きな音を立てて揺れたとき、口元が大きくゆがんだ。

笑い声があがる。途方もなく大きい。

それは、雨の轟音を吹き飛ばすほどだ。

「たまんねえや、これは、最高の笑い話だぜ」

又蔵は、煙管で激しく長火鉢を叩いた。

「将軍が長屋を造っただと。不幸な町民を救うために。なにを言っていやがる。武家が、俺たちのことを考えるはずがねえ。年貢《ねんぐ》を巻きあげることがすべてなんだからな。馬鹿馬鹿しい。はったりをかますなら、もう少しうまくやりな」

「ですが、これは本当のことで」

「はっ。どうせ、おまえさんが小細工をして、それっぽく見せているんだろう。悪いが、そんなものには引っかからねえよ」

又蔵は立ちあがって、右京を見おろした。

「もういい。おまえさんが俺たちを弄んでいることはよくわかった。長屋をくれてやるって話も、どうせ時間稼ぎなんだろう。だったら、もう遠まわしにいたぶっているのはやめだ。俺たちの手で決着をつけてやる。ちょっとした騒ぎにはなるだろうが、もう気にするのはやめだ」

そこで又蔵の目がぎろりと光った。

「雄三のこともある……本当だったらな、てめえをいまここで、ぶっ殺してやりてえところだが……」

激しく手を振って、又蔵は吠えた。

「帰りな。明日にでも、俺たちは長屋に行く。そこで力尽くで奪い取る。腹をくくっておくんだな」

右京は無言で立ちあがった。

将軍肝煎りの話は信じてないようだが、右京の説明を受け、万にひとつを考えたのだろう。この場で右京に手を出せば、将軍家とまではいかずとも幕府や町方に目をつけられるかもしれないと危惧《きぐ》したのだ。

彼の捨て身の策は、まったくの無駄ではなかったようだ。おかげで、嬲りものにされずに済んだ。

又蔵の目に押されて、右京は裏店から出た。

強烈な雨風が着物も身体も濡らすが、気にならない。明日のことを考えながら、足早に右京はしあわせ長屋へ向かった。

八

翌朝、右京は早めに起きて、準備を整えた。着物の下に用意していた鎖帷子《くさりかたびら》を着込んで、袖に指弾の石を多めに入れる。細千も予備を用意していた。

長屋の連中には出てこないように言っている。巻きこまれたら危ないし、なによりも自分の戦う姿は見せたくなかった。

引き戸を開けると、雨粒が押し寄せてきた。

今朝になっても雨脚は弱まらず、雨の幕に遮《さえぎ》られて視界がけぶるほどだ。

細い路地には川のように水が流れ、井戸端は池を思わせるほど水たまりができていた。

少し外に出ていただけで、下着まで濡れてしまう。

それでも右京は、路地から動かなかった。

すでに客人は姿を見せていた。又蔵を先頭に十名ほどが顔をそろえている。

全員が長脇差を抜いている。

せっかく策略を凝《こ》らして長屋を追いつめたのに、結局のところ腕尽くで略奪するのならば、なんの意味もなかろうに……。

そこまで、又蔵の頭はよくなかったということなのか。

そもそも、明日と言いきった言葉におのれで縛られ、濡れ鼠《ねずみ》になってまでしあわせ長屋に押しかけるとは、むしろお人好しなのか。

ふとそんなことを考え、右京は内心でくすりと笑った。

「やはり出てきたな、死神。今日こそは決着をつけさせてもらうぜ。自分の長屋でくたばるぶんには、俺たちもよけいな詮索《せんさく》をされずに済みそうだからな」

「それは、こっちの台詞《せりふ》だね。容赦するつもりはないよ」

「抜かせ。おまえさえいなければ、この長屋は俺たちのものだ。いただくぜ」

又蔵が大上段に長脇差を振りあげて、右京に迫ってきた。

上からの一撃で、水飛沫《みずしぶき》があがる。

右京は左にかわし、指弾を放つが、うまく避けられてしまう。

その隙をつき、左から赤い小袖の男が迫る。

三笠だ。横薙ぎの一撃で腹を狙ってくる。

右京は巧みにさがった。細千を投げて腕を引っぱろうとするも、雨の勢いに押されて、うまく絡ませることができなかった。

「気をつけろ。こいつ、変な武器を使うぞ」

「かまいませんや。数で追いこんでやりましょう。こいつには借りがあるんで」

三笠にあわせて、三人が斬りかかってくる。

右京は避けたが、泥に足を取られて、思わずよろめく。

そこに又蔵の一撃が来て、右腕を斬られた。

さらに、三笠が攻めこんで、今度は左の肩を軽く斬られた。痛みが走って、右京はさがった。

「これで終わりだな」

「おい、なんだ、これは」

突然の声に、右京が顔をあげると、銀角の姿があった。傘《かさ》を投げ捨て、右京と狐組の一党を見る。

「いったい、どうなっているんだ」

「銀角さん、あんた、家にいたんじゃ」

「出かけてたんだよ。それより、なんで、おめえたちが……えっ」

銀角は又蔵に気づいて、顔色を変えた。

「なんで親分が狐組の連中と……」

「ふん。面倒くせえから、長屋から離れているよう言ったのに、さっさと戻ってきやがって。死にたいのか」

「なんで。いったい……」

「決まっているだろう。使わせてもらったんだよ。おまえは馬鹿だからな。おかげで、長屋を内側から掻きまわすことができたぜ」

銀角の顔色が変わった。雨に濡れた頬《ほお》が、怒りで真っ赤に染まる。

「騙したのか。俺のことを買ってくれたと思っていたのに」

「誰がおまえなんか。代わりはいくらでもいるんだよ」

「よくも！」

銀角は長脇差を抜くと、又蔵に迫った。

「おまえなんかにやられるかよ」

又蔵は銀角の一撃を避け、逆に背中から斬りつける。

身体をひねってそれはかわしたが、続く下からの一撃で軽く足を切られる。

なおも仕掛けるも、三笠が立ちはだかり、その刀を弾き、腹を蹴《け》り飛ばした。

耐えられず、銀角は右京の横に倒れこむ。

「くそっ」

「もう終わりだ。いいぜ、逃げるなら、見逃してやるかもしれねえよ」

右京は正面から又蔵を睨む。

右腕の自由は利かなくなっていたし、肩の痛みも激しくなっていたが、それでも退《ひ》くわけにはいかなかった。

「逃げたいところだがね。私は差配だ。店子を最後まで守るのが、私の役目だ」

「だったら死ね」

又蔵が長脇差を振るう。右京は脇差で受けるも、軽く跳ね返されてしまった。

ふたたび刀が振りあげられたその瞬間。

表通りから声が響いてきた。

「水だ。水が出たぞ。堀からだ」

声が雨に呑まれて消えるよりも早く、濁流《だくりゅう》が裏店に流れこんできた。凄《すさ》まじい勢いで水は増え、たちまち足首が完全に隠れてしまった。

声が聞こえたのか、長屋の住民も顔を出した。

「いけねえ。こりゃあ、食い止めねえと」

「家が流されちまうよ。裏木戸からだから、なんとかしないと」

文太とうめの大声が交錯する。

「差配さん、どこにいるんだい。指図しておくれよ」

右京はためらった。

それを打ち破ったのは、さよの高い声だった。

「お願い。長屋が危ないの」

右京は、はっと息を呑み、一瞬でやるべきことを決めた。

長屋を守る。それがなによりも大事なはずだ。

右京は大声を張りあげた。

「叺《かます》を持ってくるんだ。泥を詰めて、路地のところに積みあげる。急いで」

「おう」

「おまえさんも手伝うんだ、銀角。まだ動けるだろう」

「ああ、わかった」

学者と文太が長屋を飛びだし、それを銀角が追った。うめとさよは、濡れるのもかまわずに、近くの泥を掻《か》き集める。

文太の奥さんや子どもも出てきた。駕籠《かご》かきの銀次も、今日はいつもよりもすばやく動く。ほかの長屋の住人たちも、次々と姿を見せはじめた。

たちまち、泥の入った叺が並べられていく。

「おい、貴様ら、なにをしているんだ。やめろ」

「引っこんでいろ。おまえら長屋の者には用はねえ。斬り殺すぞ」

又蔵や三笠が口々に吠えるが、長屋の連中はいっこうに気にしない。

「やれるもんなら、やってみな。俺たちの長屋が危ねえんだ。それどころじゃねえぜ」

全員が手を止めずに、作業を進める。

たまりかねたのか、又蔵がひときわ大声で怒鳴った。

「いいからやめろ。知っているか、この右京って差配は、隠密なんだぞ。おまえたちの長屋に潜りこんで、あれこれ探っていたんだぞ。てめえらの味方なんかじゃねえんだ」

一瞬、店子たちの動きが止まった。土砂降りの最中にもかかわらず、まわりから音がなくなったかのような静けさが広がる。

視線が右京に集まり、不気味なぐらい空気が重くなる。

右京は言葉が出なかった。不気味な空気は長く続いた。

それが重くなり、耐えがたくなる寸前、小さな疾風《しっぷう》が走った。

さよが路地を駆け抜けると、又蔵の前に立って、その頬をはたいた。

小気味好い音が、雨音を切り裂く。

「よけいなこと言わないで。差配さんは差配さんなの」

「おまえ！」

「別に正体がなんだっていい。あたしたちのために働いてくれて、あたしたちが哀しんだら一緒に哀しんで、嬉しいことがあったら喜んでくれるの。一緒にずっといてくれる、いい人なの。それで十分でしょ」

「そうだ、そうだ。なんだって関係ねえよ。差配さんはいい人だ」

「まったく。だいいち、あんたらみたいなやくざ者の言葉なんて、信じられるかね。ほら、差配さん、頼むよ」

文太とうめが笑って、右京を見る。

その言葉が心に響く。

「くそ、この娘っ子」

又蔵が、さよに手を伸ばした。

それが途中で止まったのは、背後から物音が響いてきたからだ。

「おおい、助けにきましたぞ」

権左衛門と力士の一団が、長屋に流れこんできた。全員がびっしょりと濡れている。

「話は聞きました。文太さんの件は、我らの勘違いだったようで、本当に申しわけない」

頭をさげたのは、権左衛門だ。表情は神妙だ。

「ちょうど、こちらに向かっている途中で、長屋が危ないと聞きまして。いくらでも手を貸しますぞ」

「話を聞いたって、いったい誰から……」

力士たちの背後から、五郎右衛門が顔を出した。その顔には笑みがある。

なるほど、お頭ならば、彼らを説き伏せ、味方につけることができよう。

先だって力士のことをやたらと細かく聞いていたのは、このためだったのか。

「まさか、又蔵とやらが狐組と結びついていようとは。いっぱい喰わされるところでしたな」

権左衛門が又蔵を睨みつけたので、あわてて右京は割って入った。

「それはあとで。いまは長屋のことを。あの叺を入口に」

「まかせてくだせえ。おい」

権左衛門と仲間の力士たちは、泥を詰めこんだ叺を軽々と持ちあげ、長屋の出入口に積んだ。たちまち小さな堤《つつみ》ができて、水の流れが弱まる。

「くそっ、貴様ら……」

なおも又蔵が長脇差を振るったので、右京はぱっと張りついて、痛みをこらえつつ細千を首にかけた。

抵抗を受けても、右京は離さない。そのまま力をこめて締めあげる。

ぐっとうめいて、又蔵はついに気を失った。

その情景を、銀角が見ていた。驚きの念が顔にある。

「あんた、いったい……」

「そんなことはあとだよ。ほら、もうひと踏ん張りだ。なんとしても、長屋を守るぞ」

右京は銀角の肩を叩いて、井戸端へと足を向けた。

いまだ苦しい局面であるにもかかわらず、右京の顔には笑顔が浮かんでいた。

九

ようやく晴れわたった深川の空を見あげながら、右京は長屋から離れた。

片付けが一段落したところで、うめから追いだされたのである。

邪魔だから、少し散歩してきてくれ、と言われた。

どうやら、その間に食事を作ってくれるらしいが、見られるのは気分がよくないらしい。さよが、珍しくうめをからかっていた。

いい機会だから、町の様子を見てこようと思って、右京は通りに出た。

表通りでも、片付けはずいぶんと進んでいた。店の前の泥はどかされて、散らばっていた箒や桶もきれいに並んでいた。ゴミも、ほとんど目立たない。

あの日の豪雨は、深川に大きな被害をもたらした。仙台堀や大横川があふれ、蛤町や一色町では、床上まで水につかったと聞いている。

しあわせ長屋の周辺にも水は出たが、少なめで、表店の床下に水が入りこんだだけにとどまった。

長屋にも水は来たが、叺を詰んだおかげで、右京の長屋が少しやられただけで済んだ。文太の大工道具も学者の本も、すべて無事だった。

ちなみに、もっとも大きな邪魔者であった又蔵は、縛りあげて奉行所の門前に放りだした。

罪状は書いておいたから、今頃はきついお調べを受けているだろう。

低地のしあわせ長屋にたいした被害が出なかったのは、皆が手を貸してくれたおかげだ。とりわけ、力士たちが助けてくれなかったら、これくらいの被害では済まなかっただろう。

昨日、五郎右衛門から聞いた話によると、最初に力士と話をつけにいったのは銀角だったらしい。

又蔵の言いつけを無視して、膝詰《ひざづ》めで話しあい、文太の仕事ぶりが丁寧《ていねい》であることを、さんざんに語ったのだという。

誤解が解けかけたところで、五郎右衛門が又蔵の手下を連れてきて吐かせた。

すべてがあきらかになったところで、銀角は長屋に戻り、力士もそれに続いたというわけだ。

銀角は度胸もあるし、頭もそれなりにまわる。なかなかに見所がある。

右京が顔をあげると、当の銀角の姿が見えた。手をあげると、こちらに気づいて歩み寄ってくる。

「どうした、差配さん。こんなところで」

「追いだされた。年寄りはいらんのだと」

「口の悪い連中だからな。どうせ、飯の仕度でもしているんだろう」

銀角は右京と並んで歩きはじめた。

「それで、おまえさん、この先、どうするつもりだい」

「どうしたものか。長屋の連中には迷惑をかけちまったからな」

銀角は頭を掻いた。今回の件で、騙されていたとはいえ、又蔵の口車に乗り、片棒を担いだ。それについては、銀角も、しきりと反省していた。

「やっぱり、出ていくしかないかな」

「そうとも言えないよ。連中は、あんたを頼りにしているみたいだからね」

今朝、銀角の顔が見えない、どこに行ったのか、とさんざん皆に聞かれた。うめは、片付けを手伝ってもらわないと困ると言い、文太は長屋の手直しにあいつの手がいると語った。学者は、本の片付けをまかせたいと話していた。いつの間にか、銀角は長屋の一員として認められていたようだ。

かつての右京が、そうであったように。

「なあ、だったら落ち着くまで、私の仕事を手伝ってくれないかね。こう見えても忙しくてね。私は目端《めはし》の利く若い奴が、大好きなんだよ」

「それはかまわねえが」

「なら、決まりだ」

右京は銀角の腕を叩いた。

「さっそく頼むよ。長屋の皆にも話をしよう」

「でもよ、あんた、いったい何者なんだ。又蔵をやったときの腕前からして、ただ者じゃなかった。それに、あの又蔵の野郎が、差配が隠密だとかなんだとか、わけがわからねえことをほざいてやがったが……」

「そいつは、おいおい話していくさ」

右京は、銀角の話を遮った。空を見あげながら、ゆっくりと語る。

「なにがあったにせよ、いまの私はただの差配さ。しあわせ長屋と店子の面倒を見るのが、その仕事。それだけさ」

九月のさわやかな風が、江戸の町を吹き抜ける。

袷を着た町民が行き交う情景は、秋の深まりを感じさせた。

突き抜けるような青い空を見あげながら、かつて死神と呼ばれた男は、静かに深川の町を歩き続けていた。

コスミック・時代文庫

伝説《でんせつ》の隠密《おんみつ》
しあわせ長屋人情帖

2021年 9 月25日　初版発行
2022年11月21日　2刷発行

【著 者】
中岡潤一郎《なかおかじゅんいちろう》

【発行者】
相澤 晃

【発 行】
株式会社コスミック出版
〒154-0002 東京都世田谷区下馬 6-15-4
代表　TEL.03(5432)7081
営業　TEL.03(5432)7084
　　　FAX.03(5432)7088
編集　TEL.03(5432)7086
　　　FAX.03(5432)7090

【ホームページ】
http://www.cosmicpub.com/

【振替口座】
00110-8-611382

【印刷／製本】
中央精版印刷株式会社

乱丁・落丁本は、小社へ直接お送り下さい。郵送料小社負担にて
お取り替え致します。定価はカバーに表示してあります。

ISBN978-4-7747-6317-0 C0193